Oetinger

**Rüdiger Bertram,** 1967 in Ratingen geboren, arbeitete lange als Medienjournalist und Drehbuchautor. Gemeinsam mit dem Illustrator Heribert Schulmeyer hat er die erfolgreichen Comicserien »COOLMAN und ich« und »Die Jungs vom S.W.A.P.« herausgebracht.

**Heribert Schulmeyer,** 1954 geboren, fand schon als Kind Freude am Zeichnen von Comics. Er studierte freie Graphik und Illustration in Köln und illustriert sehr erfolgreich Kinderbücher. Heribert Schulmeyer arbeitet u.a. auch für die beliebte »Sendung mit der Maus« des WDR.

**Rüdiger Bertram** und **Heribert Schulmeyer** haben den gleichen Humor und sind ein gutes Team. Kein Wunder, dass dabei so geniale Figuren wie »COOLMAN« und so heldenhafte wie die »Jungs vom S.W.A.P.« entstanden sind!

# DIE JUNGS VOM S.W.A.P.

## Zombie-Alarm

Ein Comicroman mit Bildern
von Heribert Schulmeyer

Verlag Friedrich Oetinger · Hamburg

**Mehr von Rüdiger Bertram & Heribert Schulmeyer**

Die Jungs vom S.W.A.P. Operation Deep Water
Die Jungs vom S.W.A.P. Flammendes Inferno
Die Jungs vom S.W.A.P. Space Agents
Die Jungs vom S.W.A.P. Zombie-Alarm

COOLMAN und ich
COOLMAN und ich. Rette sich, wer kann
COOLMAN und ich. Ganz großes Kino
COOLMAN und ich. Ein Job für alle Fälle
COOLMAN und ich. Bonjour Baguette
COOLMAN und dich. Voll auf die Zwölf
COOLMAN und ich. Auf die harte Tour
COOLMAN und ich. Geht nicht gibt's nicht

COOLMAN gibt es auch für Erstleser
in der Reihe »Büchersterne«

FSC www.fsc.org
MIX
Papier aus verantwortungsvollen Quellen
FSC® C014496


Einband und Comics von Heribert Schulmeyer
Druck und Bindung: GGP Media GmbH, Pößneck
Printed 2015
ISBN 978-3-7891-2032-9

www.coolmanundich.de
www.oetinger.de

# KAPITEL EINS AUF FOSSILIENSUCHE

»Vor rund vierhundert Millionen Jahren, um annähernd genau zu sein«, erklärte Tim. »Und deswegen wäre es eine echte Sensation, wenn wir hier tatsächlich das Skelett eines Dinosauriers finden würden.«

»Warum? Diese Paläpopologen …«, begann Bob.

»Die Leute, die du meinst, heißen Paläontologen. Nicht Paläpopologen«, verbesserte Tim seinen Freund. »Die kümmern sich ja nicht nur um die Hintern der Dinos.«

»Ist doch völlig egal, wie die heißen. Diese Palä… also, diese Dino-Forscher finden doch ständig irgendwelche Knochen. Vielleicht ist auf diesem Acker ja einer ertrunken.«

»Ein Paläontologe?« Tim blickte Bob ratlos an.

»Nein, so ein Dino. Könnte doch sein, oder? Warum sollte das eine solche Sensation sein, hier ein Skelett zu finden?«

»Weil es die damals noch gar nicht gab«, erwiderte Tim.

»Die Paläpopologen?« Jetzt war es Bob, der seinen Freund ratlos anschaute.

»Nein, die Dinos. Die tauchten erst zweihundert Millionen Jahre später auf.«

»Klugscheißer«, brummte Bob und warf den Stein, den er aufgehoben hatte, zurück auf die Erde.

»Das habe ich gehört.« Tim hob einen anderen Felsbrocken auf und untersuchte ihn konzentriert auf Abdrücke versteinerter Muscheln oder Korallen.

Der Schulausflug zu dem schlammigen Fossilienacker war die Idee ihres Erdkundelehrers gewesen. Der hockte hundert Meter von den beiden Jungs entfernt und beugte sich ebenfalls über einen Stein, auf dem er Spuren aus der Vergangenheit zu finden hoffte. Über das ganze Feld verstreut saßen überall Jungen und Mädchen aus ihrer Klasse, die mal mehr, mal weniger begeistert nach Fossilien suchten.

Vor zwei Stunden hatte ein Bus sie auf einem Parkplatz an der Hauptstraße abgeladen. Den Rest der Strecke waren sie gelaufen. Seitdem wühlten sich Bob, Tim und ihre Klassenkameraden durch die Erde. Gefunden hatten sie bisher nichts, abgesehen von einer Handvoll winziger versteinerter Korallen. Aber davon gab es auf dem Acker Tausende.

»Wäre natürlich schon toll«, bemerkte Tim. »Stell dir vor, wir würden hier wirklich die Reste eines Dinosauriers finden. Dann muss die ganze Erdgeschichte neu geschrieben werden. Dann werden wir berühmt! Dann kennt jeder unser Gesicht.« Tim machte eine nachdenkliche Pause, ehe er leise weitersprach. »Und dann würden wir auch nicht mehr für den S.W.A.P. arbeiten.«

»Wieso das denn nicht?«, fragte Bob.

»Na, weil wir dann keine Geheimagenten mehr sein könnten, wenn jeder uns kennt. Das funktioniert doch nicht. Oder kennst du einen Geheimagenten, den jeder kennt?«

»James Bond«, antwortete Bob und nahm einen neuen Stein in die Hand.

»Das ist doch nur ein Film. Wir sind echt!«

»Wollen wir das überhaupt?«

»Was? Berühmt sein?«, fragte Tim zurück.

»Nein, nicht mehr für den S.W.A.P. arbeiten.«

Tim antwortete nicht sofort, sondern griff nach seinem Ohrläppchen. Das tat er immer, wenn er nachdachte.

»Weiß nicht«, entgegnete er nach einer Weile und zeigte auf den Stein, den Bob aufgehoben hatte und neugierig von allen Seiten betrachtete. »Darauf wirst du übrigens keine Fossilien finden.«

»Warum nicht?«

»Weil das ein Stück von einer Mauer ist. Das ist nur zufällig auf dem Acker hier gelandet.«

Doch Bob hörte seinem Freund gar nicht zu. Er lauschte auf ein Geräusch, das schnell näher zu kommen schien.

»Hörst du das eigentlich auch?«

»Was denn?«, fragte Tim.

»Na, dieses seltsame Brummen.«

Jetzt hörte Tim es auch. Das Brummen war zwar noch weit entfernt, wurde aber von Sekunde zu Sekunde lauter.

»Vielleicht ein Schwarm Bienen«, sagte Bob.

»Oder Hubschrauber. Eine ganze Menge Hubschrauber«, erwiderte Tim.

»Meinst du, die sind vom S.W.A.P.? Meinst du, Snyder kommt, um uns abzuholen, weil er einen neuen Auftrag für uns hat?«

»Spinnst du?! Der S.W.A.P. hat nicht mal genug Geld für einen einzigen Hubschrauber. Das da klingt nach mindestens drei von denen.«

»Aber wer ist es dann?«, fragte Bob. »Vielleicht ja doch nur ein paar Bienen?«

Die beiden Jungs starrten in die Richtung, aus der sich das geheimnisvolle Brummen näherte. Noch war am Horizont nichts zu sehen. Trotzdem waren Bob und Tim sich ziemlich sicher, dass, was immer sich ihnen da auch näherte, mit Sicherheit irgendetwas mit ihrem Doppelleben als Geheimagenten zu tun hatte.

Der S.W.A.P., für den die Jungs arbeiteten, war ein ultrageheimer Geheimdienst. Die Abkürzung stand für »Special Weapon Action Program«, und zu seiner Gründung hatten sich vor einigen Jahren die wichtigsten Staaten der Weltgemeinschaft zusammengeschlossen. Ziel war es gewesen, mit den Agenten des S.W.A.P. weltweit handelnde Verbrecher zu stoppen, die eine Gefahr nicht nur für einzelne Länder, sondern für den Fortbestand der gesamten Menschheit darstellten. Vor ein paar Monaten hatten Bob und Tim durch eine unglückliche Verkettung von Zufällen, bei der eine explodierende Raviolidose eine nicht ganz unwichtige Rolle gespielt hatte, den besten Mann des S.W.A.P. außer Gefecht gesetzt. Thomas Snyder, der bei einer geheimen Wahl der weltbesten Spione 2011, 2012 und 2013 zum Geheimagenten des Jahres gewählt worden war, musste danach einige Zeit im Krankenhaus verbringen. Doch weil es im Denken der Geheimdienste keine Zufälle gibt, war die Chefin des S.W.A.P., Angela Steel, felsenfest davon überzeugt, dass Bob und Tim selbst Top-Top-Agenten waren, die den Auftrag hatten, den Top-Agenten Snyder auszuschalten.

»Egal, was sie euch zahlen, wir zahlen das Doppelte«, hatte Angela Steel den verdutzten Jungs erklärt. Das war allerdings nur ein leeres Versprechen gewesen. Der S.W.A.P. zahlte ihnen keinen Cent, weil der Geheimdienst ständig pleite war. Doch das wussten Bob und Tim noch nicht, als sie Angela Steels Angebot annahmen. Sie hatten es auch nicht wegen des Geldes getan. Die Jungs, deren Lebensmotto »No risk, no fun« lautete, reizte die Aussicht auf Abenteuer. Außerdem hatte die Chefin des S.W.A.P. den Jungs deutlich zu verstehen gegeben, dass die beiden Freunde die Geheimdienstzentrale nicht lebend verlassen würden, falls sie ihr verlockendes Jobangebot ablehnten.

Drei Mal hatten Bob und Tim seitdem im Auftrag des S.W.A.P. die Welt vor dem skrupellosen Baron von Funeral gerettet. Sie hatten den Südpol besucht, waren mit einem Hubschrauber über einem Feuer speienden Vulkan gekreist und sogar auf der Rückseite des Mondes gewesen ... und danach mit viel Glück auch heil wieder zurück auf der Erde gelandet. Von ihren Mitschülern, die rechts und links von ihnen den Acker noch immer nach Fossilien absuchten, ahnte niemand etwas von den geheimen Missionen der beiden Freunde. Das galt auch für ihre Eltern. Bei Bob und auch bei Tim zu Hause wurde nicht so wahnsinnig viel miteinander geredet. Bobs arbeitslose Eltern hockten ständig vor dem Fernseher, und bei Tim war außer dem Dienstpersonal nur selten jemand da, weil seine Eltern den Großteil ihres Lebens im Büro verbrachten, um noch mehr Geld zu scheffeln. So war es weder in der winzigen Hochhauswohnung, in der Bob wohnte, noch in der riesigen Villa, in der Tim lebte, irgendjemandem aufgefallen, dass der S.W.A.P. für die Jungs zwei finnische Doppelgänger engagiert hatte, die Bob und Tim während ihrer Einsätze für den S.W.A.P. daheim und in der Schule vertraten.

Das Brummen war in der Zwischenzeit weiter angeschwollen. Bob und Tim suchten mit den Augen den Himmel ab, konnten aber keine Hubschrauber entdecken. Der Acker war an allen vier Seiten von Wald umgeben, sodass sie sowieso nicht weit schauen konnten. Ihr Lehrer und ihre Mitschüler schienen noch nichts bemerkt zu haben. Ihnen fehlte der siebte Sinn für bedrohliche Situationen, den die Jungs bei ihren Einsätzen für den S.W.A.P. entwickelt hatten.

Über den Wipfeln der Bäume tauchten in dem Moment drei grüne Hubschrauber auf, die in Pfeilformation genau auf Bob und Tim zusteuerten. Noch waren sie mehr als fünfhundert Meter entfernt, aber sie näherten sich schnell. Der Lehrer der Jungs war mitten auf dem Acker stehen geblieben und starrte die Helikopter an. Auch die anderen Schüler blickten neugierig zu den Hubschraubern. Für Fossilien interessierte sich auf dem Feld niemand mehr.

»Vielleicht ist es ja doch nur Snyder, der uns für einen neuen Auftrag abholen will«, sagte Bob.

»Das sind drei Hubschrauber. Drei Stück! Ich sag dir noch mal, das könnte sich der S.W.A.P. niemals leisten. Weißt du noch, wie wir Snyder damals im Krankenhaus besucht haben?«

Bob nickte. Er erinnerte sich nur zu gut, dass plötzlich vor dem Fenster ein Hubschrauber aufgetaucht war und ohne Vorwarnung das Feuer eröffnet hatte. Es war das erste Feuergefecht gewesen, das die Jungs im Dienst des S.W.A.P. erlebt hatten. Doch das Adrenalin, das ihnen damals durch die Adern geschossen war, hatte gereicht, um sie süchtig zu machen nach Action und Abenteuern.

»Ich glaube, das da oben sind die gleichen Jungs. Zumindest sah der Hubschrauber damals genauso aus wie die da jetzt.« Tim musste brüllen, weil der Lärm der Rotoren so laut war. »Haben wir irgendwelche Waffen dabei? Einen Atomisator zum Beispiel?«

 Der Atomisator war die Standardwaffe des S.W.A.P. Das Gerät sah aus wie ein Akkuschrauber und zerlegte jeden Angreifer in seine einzelnen Atome, die – je nachdem, wie stark man den Abzug drückte – in einigen Hundert Metern oder in mehreren Tausend Kilometern Entfernung wieder zusammengesetzt wurden. Leider hatten die Jungs ihren Atomisator nach der erfolgreichen Beendigung ihrer letzten Mission wieder abgeben müssen. Das galt bedauerlicherweise auch für das S.W.A.P.-Book und die Mikrokopfhörer, mit denen sie Kontakt zur Zentrale des Geheimdienstes hätten aufnehmen können.

»Nein, haben wir nicht«, brüllte Bob zurück. »Aber wir könnten sie mit Fossilien bewerfen.«

»Oder weglaufen«, entgegnete Tim.

»Wäre das nicht ein bisschen feige?«

»Nicht, wenn man unbewaffnet drei hochgerüsteten Kampfhubschraubern gegenübersteht. Lauf!«

Die Jungs drehten sich gleichzeitig um und rannten auf den Waldrand zu, der etwa fünfzig Meter vor ihnen lag. Kaum waren sie ein paar Schritte gelaufen, als sie hinter sich auch schon die Maschinengewehre hörten.

# KAPITEL ZWEI
# ÜBER DEN HÜGEL IN DEN BACH

»Dann laufen wir einfach weiter, bis wir kotzen müssen und keinen Schritt mehr weiterkönnen. Was sonst?!«, antwortete Tim.

»Genial!«, keuchte Bob. »Hast du noch einen anderen Plan?«

»Wir könnten auch die Polizei oder die Feuerwehr anrufen. Am besten beide.«

»Und warum machen wir das nicht?«, fragte Bob.

Tim holte beim Laufen sein Smartphone aus der Tasche und hielt es seinem Freund direkt vor die Nase.

»Weil wir hier draußen in einem verdammten Funkloch stecken. Und jetzt spar dir deine Luft zum Rennen.« Tim riskierte einen Blick über seine Schulter.

Ihr Lehrer und ihre Mitschüler hatten sich flach auf den matschigen Boden geworfen, um von den herumschwirrenden Kugeln nicht getroffen zu werden.

Die Hubschrauber waren über dem Feld tiefer gegangen und

schwebten jetzt höchstens noch fünf Meter über dem Fossilienacker. Während die Bordschützen ununterbrochen weiterfeuerten, öffneten sich die Seitentüren der Hubschrauber. Kurz darauf flogen drei Seile aus dem Innern der Kabine. Sie reichten bis knapp auf den Boden.

Bob und Tim hatten mittlerweile den Waldrand erreicht. Tim blickte sich noch ein letztes Mal um. An den Seilen, die aus den Hubschraubern heraushingen, ließen sich jeweils zwei Männer auf den Boden herab. Alle sechs trugen grünbraune Tarnuniformen, automatische Schnellfeuergewehre und Helme mit integrierten Nachtsichtbrillen.

»Puh, das hätten wir geschafft«, stöhnte Bob, als sie einige Meter in den Wald hineingelaufen waren. Er lehnte an einem Baum und atmete tief durch.

»Nicht ganz«, keuchte Tim, den der Sprint über den schlammigen Acker genauso viel Kraft gekostet hatte wie seinen Freund.

»Wieso fast? Du hast gesagt, im Wald können uns die Helis nicht folgen.«

»Können sie auch nicht. Aber die Männer, die sich aus den Helis auf den Acker abgeseilt haben. Los, wir müssen weiter.«

Tim klopfte seinem Freund aufmunternd auf die Schulter, dann lief er los. Bob schnaufte einmal tief durch, dann rannte er Tim hinterher. Ohne Atomisator blieb ihnen sowieso nichts anderes übrig.

Die Jungs hetzten einen Hügel hinauf. Das Schießen hatte aufgehört, dafür war hinter ihnen jetzt lautes Kreischen und Brüllen zu hören. Das Kreischen kam von ihren Mitschülern. Das Brüllen stammte ganz offensichtlich von den bewaffneten Männern, die den Mitschülern der Jungs Befehle wie »Hände hinter den Nacken!« und »Keiner rührt sich von der Stelle!« erteilten. Bob glaubte, auch die Stimme ihres Erdkundelehrers erkennen zu können. Er schien mit den bewaffneten Männern diskutieren zu wollen. Bob musste unwillkürlich grinsen. Sein Lehrer wusste nicht, was Bob nach seinen drei Einsätzen für den S.W.A.P. gelernt hatte: Mit solchen Leuten konnte man nicht diskutieren. Die führten Befehle aus und sonst gar nichts. Und so, wie es aussah, bestand ihr Befehl darin, ihn und seinen Freund zu fangen … tot oder lebendig, wobei Bob die zweite Variante bevorzugte. Immerhin verschaffte das sinnlose Lamentieren ihres Erdkundelehrers den Jungs tatsächlich einen kleinen Vorsprung. Nach Tims Berechnungen hätten die Männer sonst längst im Wald auftauchen müssen. Und dass sie immer noch auf dem Acker standen, lag ganz sicher nicht daran, dass sie bei ihrem Einsatz über ein seltenes Fossil gestolpert waren. Die Jungs hielten kurz an, um zu hören, wie sich die Dinge auf dem Feld entwickelten.

»Sie können doch nicht einfach so rumballern! Sehen Sie denn nicht, dass hier Kinder sind?!«, hörte Tim seinen Lehrer aufgeregt schreien. »Das ist gefährlich! Ich würde sogar noch weiter gehen und behaupten: Das ist lebensgefährlich.«

Statt einer Antwort ertönte nur ein Schuss. Diesmal nicht aus einem der Maschinengewehre an Bord der Hubschrauber, sondern aus einem der sechs Schnellfeuergewehre, mit denen die Männer am Boden ausgerüstet waren.

»Die haben doch nicht etwa …« Bob schaute erschreckt zu Tim hinüber, während sie ihren Spurt den Hügel hinauf fortsetzten.

Tim antwortete nicht. Zum einen, weil er nicht wusste, was auf dem Fossilienfeld hinter ihnen gerade geschehen war. Zum anderen, weil er Sauerstoff sparen wollte, den er für ihre weitere Flucht mit Sicherheit brauchen würde.

»Ich beuge mich der Gewalt! Aber nur unter Protest! Haben Sie verstanden?! Nur unter Protest. Und ich werde mich über Sie beschweren, darauf können Sie sich verlassen«, erklang plötzlich die Stimme ihres Lehrers wieder. Tim und Bob wechselten einen erleichterten Blick. Der Schuss, den sie gehört hatten, war wohl doch nur ein Warnschuss gewesen.

*Big Brain* war Tims Spitzname, und den trug er nicht umsonst. Sein kluger Kopf, der vollgestopft war mit nützlichem und unnützem Wissen, fand fast immer eine Lösung für die gefährlichen Situationen, in die er und Bob bei ihren Einsätzen für den S.W.A.P. gerieten. Die Umsetzung seiner Pläne überließ Tim dann Bob, der überall nur *Die Faust* genannt wurde. Auch das völlig zu Recht. Der Bastler und Praktiker Bob und der Denker und Theoretiker Tim ergänzten sich perfekt, und das war auch einer der Gründe für ihre tiefe Freundschaft.

»Das sage ich dir später«, erwiderte Tim, während er sich rückwärtskriechend aus ihrer Deckung entfernte.

»Gib doch einfach zu, dass du es nicht weißt!«, knurrte Bob.

»Klar weiß ich es!«

»Weißt du nicht!«

»Können wir darüber später streiten? Ich würde hier jetzt nämlich gern verschwinden.«

»Ich weiß, dass du es nicht weißt«, brummte Bob und folgte seinem Freund den Hügel hinunter.

Die Hälfte des Abhangs legten sie auf dem Hosenboden zurück, weil Bob auf dem feuchten Boden ausgerutscht war und im Fallen Tim mit sich gerissen hatte.

»Von hier aus gehen wir rückwärts«, erklärte Bob, als sie unten angekommen waren.

»Warum das denn?«, fragte Tim überrascht.

»Damit verwirren wir sie«, erklärte Bob. »Wenn wir rückwärtsgehen, wissen sie nicht, in welche Richtung wir gelaufen sind. Oder ich nehme dich auf die Schulter. Dann finden sie nur noch eine einzige Fußspur und wundern sich, wo du geblieben bist.«

»Das ist mit Abstand das Blödeste, was ich jemals gehört habe«, entgegnete Tim. »Wo hast du das denn aufgeschnappt? Oder hast du dir das selber ausgedacht?«

»Ich habe das mal in einem Zeichentrickfilm gesehen. Da hat es prima funktioniert.«

»Und dann haben die in deinem Film kräftig mit den Armen geflattert und sind einfach davongeflogen, stimmt's?«

»Hast du eine bessere Idee?«, fragte Bob beleidigt.

»Habe ich.« Tim deutete auf einen kleinen Bach, der durch den Wald floss. »Wenn wir da durchwaten, können sie unsere Spuren nicht finden. Nicht mal, wenn sie Spürhunde dabeihätten.«

»Das Wasser ist aber doch bestimmt eiskalt«, sagte Bob, der wenig begeistert aussah.

»Verglichen damit, wie kalt wir sein werden, wenn die uns kriegen, ist das Wasser pisswarm«, entgegnete Tim.

Eine halbe Stunde wateten die Jungs durch das kniehohe Wasser, das sogar noch kälter war, als Bob befürchtet hatte.

»Ich spüre meine Füße nicht mehr«, motzte er. »Wehe, dein Plan funktioniert nicht.«

»Klar funktioniert der«, erwiderte Tim. »Wirst schon sehen. Außerdem ist das kalte Wasser gesund. Das stärkt deine Abwehrkräfte.«

»Gegen Kugeln wird das leider trotzdem nichts helfen«, maulte Bob.

»Immer hast du was zu meckern«, sagte Tim. »Und damit du endlich Ruhe gibst, machen wir eine kleine Pause. Unsere Verfolger haben wir bestimmt längst abgeschüttelt.«

Die Jungs stiegen aus dem Wasser und hockten sich an einen Baum. Von dort hatten sie einen guten Blick auf den Bach, der sich in sanften Windungen durch den Wald schlängelte.

»Wo fließt der überhaupt hin?«, fragte Bob.

»Keine Ahnung«, gab Tim zu. »Du tropfst übrigens da unten.«

Tim deutete auf Bobs Schuhe und Hosenbeine, aus denen das Wasser auf das Moos tropfte.

»Du auch«, bemerkte Bob, denn auch unter Tim hatte sich bereits eine kleine Pfütze gebildet.

»Besser nass als tot«, sagte Tim und versuchte, seine triefenden Hosenbeine auszuwringen.

»Das eine schließt das andere nicht aus«, flüsterte Bob und deutete mit dem Kopf Richtung Bachlauf.

Tim blickte auf, und jetzt sah er es auch. Die sechs bewaffneten Männer in den Tarnanzügen stapften durch den Bach genau auf sie zu. Sie waren höchstens noch dreihundert Meter von den Jungs entfernt.

»Wie haben die uns nur gefunden?«, fragte Bob.

Es war ein fiepsiges Kläffen, das Bobs Frage beantwortete.

# KAPITEL DREI
# AUFSTIEG MIT HINDERNISSEN

Der Hund war so klein, dass er seinen Kopf in den Nacken legen musste, um kein Wasser zu schlucken. Weil so kaum etwas von ihm zu sehen war, war Tim sich nicht ganz sicher, zu welcher Rasse das Tier gehörte. Möglicherweise ein Pekinese oder ein Zwergdackel, vermutete er. So winzig, wie der kleine Kläffer war, hatte er wahrscheinlich in der Uniformtasche eines ihrer Verfolger gesteckt, als die sich aus dem Hubschrauber abgeseilt hatten. Das schien Tim die einzig logische Erklärung, warum er und Bob den Hund erst jetzt bemerkten und nicht schon auf dem Fossilienacker oder am Waldrand gesehen hatten. Alle paar Meter blieb der Hund stehen und reckte seine Nase noch ein bisschen weiter in die Höhe, um ihre Witterung aufzunehmen. Anscheinend erfolgreich, denn er führte die Männer genau in die Richtung, in der die Jungs sich hinter dem Baum versteckt hatten.

Tim seufzte einmal tief, dann begann er mit seiner Erklärung.

»Ein Paradog ... das Wort ist eine Kombination aus dem englischen Wort ›parachute‹ für Fallschirm und dem englischen Wort ›dog‹ für Hund. Im Zweiten Weltkrieg haben die Amerikaner Hunde an Fallschirmen abgeworfen – die Paradogs eben. Die sollten ihnen helfen, ihre Feinde aufzuspüren.«

»Du meinst, die haben den Köter auch an einem Fallschirm aus dem Hubschrauber geworfen?«

»So ähnlich«, erwiderte Tim. Er hatte keine Lust und keine Zeit, Bob seine Hosentaschentheorie zu erklären, weil ihn längst eine völlig andere Frage beschäftigte. »Ich verstehe nur nicht, wieso der uns überhaupt riechen kann. Theoretisch ist das völlig unmöglich. Im Wasser müssten all unsere Spuren verschwunden sein.«

»Vielleicht ist das eine neue Züchtung oder eine Mutation«, vermutete Bob. »So eine Art Supernase auf vier Pfoten.«

Tim schüttelte nur den Kopf. Er hatte einen anderen Verdacht.

»Was hast du in deinen Jackentaschen?«

»Was geht dich das denn an?«, fragte Bob zurück.

»Eine ganze Menge, also zeig schon.«

Murrend kramte Bob den Inhalt seiner Taschen hervor: ein paar Zitronenbonbons, zwei benutzte Papiertaschentücher, einen Fahrradschlüssel und ein Brötchen, das mit Salami belegt war.

»Wusste ich es doch!«, knurrte Tim. »Los, gib mir das Brötchen!«

»Hast du Hunger?«, erwiderte Bob. »Ich könnte jetzt ja keinen Bissen runterkriegen, wo uns die Typen so dicht auf den Fersen sind.«

Tim nahm Bob das Salamibrötchen aus der Hand und schleuderte es, so weit er konnte, in den Wald.

»Hey, was soll das?! Spinnst du?!«, protestierte Bob. »Das war teuer! Das habe ich mir heute Morgen für unseren Ausflug gekauft.«

»Kein Wunder, dass uns der kleine Kläffer da vorn so treu auf den Fersen bleibt, wenn du hier sein Lieblingsessen spazieren trägst.«

»Das ist noch gar nicht bewiesen, dass der auf mein Salamibrötchen scharf war«, entgegnete Bob beleidigt.

Tim sagte nichts, sondern deutete nur auf den Hund. Er war aus dem Wasser gestiegen und steuerte bellend genau auf die Stelle zu, an der das Brötchen gelandet war. Besonders eilig schien er es dabei nicht zu haben, und auch die Männer, die ihm gemächlich folgten, machten nicht den Eindruck, als würden sie ernsthaft befürchten, dass ihnen die Jungs entwischen könnten.

»Warum sind die so verdammt gelassen? Das macht mich ganz wahnsinnig«, sagte Bob.

»Die einzige Erklärung ist, dass sie sich völlig sicher sind, uns zu kriegen«, erwiderte Tim. »Aber da haben sie sich getäuscht.«

»Hast du einen Plan?«

»Ich dachte, zur Abwechslung hättest du mal einen.«

»Habe ich auch«, sagte Bob. »Wir suchen uns hier im Wald den stinkenden Kadaver eines verwesenden Kaninchens und reiben uns damit am ganzen Körper ein. Das überlagert unseren eigenen Geruch, und der kleine Köter kann uns nicht aufspüren. Na, wie findest du meinen Plan?«

»Willst du eine ehrliche Antwort?«, fragte Tim zurück. »Es hat schon seine Gründe, warum man dich nicht *Big Brain* nennt, sondern mich.«

»Dann schlag du halt was Besseres vor«, brummte Bob. »Aber beeil dich. Auch wenn die Typen und ihre Supernase es nicht besonders eilig haben, näher kommen sie uns trotzdem.«

Der Zwergdackel – jetzt, da der Hund aus dem Wasser gestiegen war, ließ sich auch seine Rasse ganz leicht erkennen – und die sechs bewaffneten Männer waren höchstens noch hundert Meter von den Jungs entfernt. Bald schon würde der Hund das Salamibrötchen erreicht haben. Tim hoffte, dass ihnen das einen kleinen Vorsprung verschaffte.

»Da vorn bei den Felsen geht es steil bergauf. Dort hoch werden sie uns nicht folgen, das ist viel zu anstrengend«, sagte Tim.

»Und was ist mit ihrem Köter? Der nimmt doch unsere Fährte auf.«

»Ja, aber sie werden ihm nicht glauben. Niemand ist so blöd und rettet sich auf einen Berg, von dem es kein Entkommen gibt.«

»So etwas Ähnliches hast du bei dem Bach auch schon gesagt.«

»Vertrau mir einfach.«

»Und wenn es doch Snyder ist? Wenn das alles nur ein großer Spaß ist? Du kennst doch seinen seltsamen Sinn für Humor.«

»Snyder humpelt nach seinem Unfall mit unserer Raviolidose immer noch. Humpelt einer von den sechs Männern?«

Bob starrte durch die Blätter auf ihre Verfolger.

»Nein.«

»Bingo Flamingo. Also lass uns weiter.«

»Hab ich eine Wahl?«

»Ja, du kannst gern hierbleiben und auf sie warten. Vielleicht habt ihr ja ein paar gemeinsame Hobbys, über die ihr euch unterhalten könnt.« Tim grinste Bob an und lief dann geduckt auf die Felsen zu, die schon nach ein paar Metern steil anstiegen.

»Musst du eigentlich immer recht haben? Ich hasse das!«, brummte Bob.

Tim drehte sich zu seinem Freund um.

»Ich auch, aber man gewöhnt sich dran. Und jetzt komm endlich.«

Tim grunzte nur abfällig. Genau in dem Augenblick trat er mit seinem rechten Fuß auf einen losen Stein, der sofort ins Rutschen geriet. Der Stein kullerte den Berg hinunter, riss andere mit sich und bildete schon nach ein paar Metern eine Felslawine, die in einer riesigen Staubwolke ins Tal hinunterpolterte. Bob hatte seinen Freund in letzter Sekunde an der Hand packen können, sonst wäre Tim selbst Teil der Lawine geworden.

»Super! Wenn die bis jetzt noch nicht wussten, wo wir sind – jetzt wissen sie es«, erklärte Bob.

»Blödsinn, das hätte auch ein Tier sein können, das die Steinlawine ausgelöst hat«, erwiderte Tim. »Sieh es doch mal so: Wenn die uns noch auf den Fersen gewesen wären, dann bräuchten wir uns jetzt keine Sorgen mehr zu machen. Die Lawine hätte sie platt gewalzt.«

»Ja, aber um den Pekinesen hätte es mir leidgetan«, entgegnete Bob.

»Das ist ein Zwergdackel, kein Pekinese«, korrigierte Tim.

»Von mir aus könnte das auch ein Rottweiler sein. Ich fand den süß.«

»Rottweiler sind nicht süß«, widersprach Tim. »Niemand findet Rottweiler süß.«

»Ich schon«, entgegnete Bob. »Und jetzt komm weiter, wir sind gleich oben.«

Die letzten Meter bis auf die Kuppe des Berges ließ Bob seinen Freund vorneweg klettern. Falls Tim noch einmal den Halt verlieren sollte, war es für Bob so leichter, ihn aufzufangen. Doch das war gar nicht mehr nötig, weil sie den Rest des Aufstiegs ohne weitere Fehltritte hinter sich brachten.

Als sie oben auf dem Berg standen, ließ Tim den Bick über die Landschaft schweifen.

»Na, hab ich zu viel versprochen? Ist das nicht ein toller Ausblick?«, fragte Bob zufrieden.

Unter ihnen lag der Wald, durch den sie geflohen waren, und in der Ferne konnten sie sogar den Fossilienacker erkennen.

»Aber was ist das da?« Bob schaute auf der anderen Seite des Berges in eine Schlucht hinab. Unter ihm lag eine steile Felswand, an deren Fuß sich ein Fluss durch das enge Tal schlängelte.

»Du wolltest doch wissen, wo der Bach hinfließt«, antwortete Tim, der sich neben seinen Freund gestellt hatte und ebenfalls einen Blick in die Tiefe riskierte.

»Ende Gelände! Das ist eine verdammte Sackgasse, in die du uns geführt hast«, erwiderte Bob. »Der einzige Weg hier weg ist der, den wir gekommen sind.«

Im selben Moment hörten sie auch schon das Kläffen des Zwergdackels, der offensichtlich überhaupt keine Schwierigkeiten hatte, nach Bobs Salamibrötchen gut gesättigt der Fährte der Jungs auch auf den Berg zu folgen. Hinter ihm liefen die bewaffneten Männer, die es anscheinend doch nicht so unwahrscheinlich fanden, dass ihre Beute dort hinaufgeflohen war.

»Entweder halten die uns für total bescheuert oder für total genial«, murmelte Tim.

»Macht keinen Unterschied«, flüsterte Bob. »Weil wir hier oben nämlich in der Falle sitzen.«

# KAPITEL VIER
# SPRUNG INS UNGEWISSE

Bob und Tim blickten zurück, wo ihre bewaffneten Verfolger inzwischen ganz gemütlich mit dem Aufstieg begonnen hatten. Dann schauten sie wieder in die Schlucht, wo sich rund fünfzig Meter unten ihnen der Fluss mit einer ganz ähnlichen Gemächlichkeit über Jahrtausende von Jahren seinen Weg durch den Stein gefräst hatte.

»Von wegen Sackgasse«, sagte Tim. »Es gibt noch einen anderen Weg, um zügig von hier zu verschwinden.«

Bob hob seinen Blick und starrte in den Himmel.

»Von wegen«, antwortete er. »Weit und breit kein Hubschrauber zu entdecken, der uns retten könnte. Nicht mal ein Zeppelin oder eine Drohne oder so was, um uns von diesem bescheuerten Berg wegzubringen.«

»Unsere Rettung liegt ja auch nicht da oben«, erwiderte Tim.

»Wo denn sonst?«, fragte Bob.

»Da unten«, antwortete Tim und deutete in die Schlucht.

»Weißt du, was ich gerade verstanden habe?« Bob lachte. »Ich habe tatsächlich verstanden, dass du da runter in die Schlucht willst.«

»Will ich ja auch.«

»Spinnst du jetzt völlig? Oder gibt es hier einen geheimen Aufzug, von dem du zufällig weißt und von dem ich einfach nur keine Ahnung habe?«

»Nein, gibt es nicht.«

»Und wie willst du dann da runterkommen?«

»Wir springen.«

»Wir bestimmt nicht. Wenn du dich unbedingt umbringen willst, kannst du gern da runterhüpfen. Ich werde das jedenfalls nicht machen«, erklärte Bob. »Niemand, der noch halbwegs bei Verstand ist, würde da runterspringen.«

»Und genau deswegen ist das unsere Rettung.«

Bob sah Tim fassungslos an. »Wie soll das unsere Rettung sein, wenn wir mit zerschmetterten Knochen auf den Felsen landen?!«

»Werden wir nicht. Wir werden butterweich ins Wasser eintauchen.«

»Von wegen butterweich! Ich bin mal vom Fünfer gesprungen, und das Wasser war hart wie Beton. Das hier ist mindestens zehn Mal so hoch.«

»Du übertreibst! Und außerdem werden die Typen einen Teufel tun, uns zu folgen. Das tut man nur, wenn man keine andere Chance mehr hat. Und jetzt gib mir schon deine Hand, damit wir zusammen springen können.«

Bob drehte sich noch einmal zu den Männern um. Sie hatten bereits die Hälfte des Berges erklommen. Der Zwergdackel hüpfte zwischen ihnen hin und her und kläffte aufgeregt.

»Und wenn sie doch nur mit uns reden wollen? Vielleicht ist das alles ja auch bloß ein Missverständnis, das sich ganz einfach aus dem Weg räumen lässt. Dann lachen wir alle gemeinsam darüber und gehen wieder nach Hause«, sagte Bob.

Tim sah Bob an.

»Ich glaube, ich habe das schon mal gefragt, aber: In der Traumwelt, in der du lebst, gibt es da auch so ein rosa Karussell mit bunten Pferdchen, die sich den ganzen Tag im Kreis drehen?«

Bevor Bob antworten konnte, pfiff eine Kugel haarscharf an seiner Stirn vorbei. Gefolgt von einem zweiten Schuss, der Tim knapp verfehlte.

»★☢✻☠⚡#🗡! Du hast mich überzeugt«, sagte Bob und griff nach Tims Hand. »No risk, no fun!«

Die Jungs nahmen zwei Schritte Anlauf und sprangen zusammen in die Tiefe.

AAAAH!
PLATSCH
PLUM
War doch halb so schlimm, da runterzuspringen.
Das Springen nicht, aber das Aufklatschen auf dem Wasser.
Hör auf zu meckern, immerhin leben wir. Zumindest das meiste von uns.

Tim sah sich neugierig um. Der Fluss hatte sich tief in das Tal geschnitten, sodass es rechts und links keine Möglichkeit gab, ans Ufer zu klettern. Sie mussten sich treiben lassen, bis sich eine Gelegenheit bot, an Land zu gehen. Der Fluss floss an dieser Stelle nur träge, weshalb die Jungs ihre Kräfte ein bisschen schonen konnten. Als Bob zum Gipfel hinaufblickte, von dem aus sie gesprungen waren, war kein Verfolger zu entdecken. Entweder befanden sich die Männer noch beim Aufstieg, oder sie hatten es aufgegeben und waren mit ihrem Zwergkläffer schon auf dem Rückweg zu ihren Hubschraubern, nahm er an.

»Mal abgesehen davon, dass das Wasser schweinekalt ist, ist das doch eine ganz angenehme Art zu reisen. Wir müssen nicht mal laufen«, rief Bob seinem Freund zu. »Und warte! Gleich wird es noch bequemer.«

Bob kraulte zu einem großen Ast, der ein paar Meter vor ihnen im Fluss trieb, und zog ihn durch das Wasser zurück zu Tim.

»Was willst du damit? Ein Feuer machen, um uns aufzuwärmen?«, fragte Tim.

»Jetzt bist du der Komiker«, erwiderte Bob. »An dem Ast können wir uns festhalten und treiben …«

Weiter kam Bob nicht, weil eine Kugel direkt neben ihm im Wasser einschlug und die aufspritzenden Tropfen ihn mitten ins Gesicht trafen.

Instinktiv tauchten die Jungs ab und schwammen unter dem Ast, der ihnen nun als Deckung diente, durch. Als sie auf der anderen Seite wieder auftauchten, konnten sie zwischen den Blättern hindurch beobachten, dass ihre Verfolger inzwischen auf der Bergkuppe angekommen waren. Zwei der Männer hatten ihre Gewehre im Anschlag und suchten durch ihr Zielfernrohr die Wasseroberfläche nach den Jungs ab.

Die Strömung des Flusses hatte zugenommen, weil sich ein paar Meter vor ihnen das Wasser durch eine Engstelle drängen musste. Bob und Tim hielten sich an dem Ast fest und halfen mit kräftigen Beinschlägen nach, um schnell aus der Schusslinie ihrer Verfolger zu gelangen. Sie spürten, wie der Sog immer stärker wurde, während die Geschosse vor und hinter ihnen das Wasser aufpeitschten.

Kurz darauf wurden die Jungs mit ihrem Ast endgültig von der Strömung erfasst und in die Stromschnellen gezogen.

»Die sind wir los«, schrie Bob seinem Freund zu, als sie zwischen Felsen hindurchschossen und von dem Berggipfel aus nicht mehr zu sehen waren. Er musste schreien, weil das Wasser um ihn herum ohrenbetäubend laut brauste und toste.

»Schon, aber guck mal da!«, brüllte Tim zurück.

Bob, der bisher nur zurückgeschaut hatte, drehte den Kopf und blickte nach vorn.

Der anfangs so träge dahinströmende Fluss, in den sie gesprungen waren, hatte sich in einen reißenden Strom verwandelt.

»Gut festhalten! Sonst gehst du unter!« Bob klammerte sich mit beiden Händen an den Ast.

»Danke für den tollen Tipp!« Tim rollte nur mit den Augen.

Ohne den Ast hätten sie sich kaum über Wasser halten können, weil die vielen Strudel sie immer wieder in die Tiefe zogen, um sie dann im nächsten Augenblick gegen Felsen zu schleudern oder einen der vielen kleineren Wasserfälle hinunterzuspülen. Tim hatte die Augen geschlossen und versuchte, sich darauf zu konzentrieren, den Ast nicht zu verlieren. Er fand es klüger, sich einfach der Strömung anzuvertrauen. Bob dagegen hielt die Augen weit offen und nutzte jede Gelegenheit, sich mit den Füßen rechts und links von den steilen Felswänden abzustoßen, um sich und Tim in der Mitte des reißenden Flusses zu halten.

Zwei Mal riss ein Strudel Tim den Ast aus den Händen, und Bob konnte seinen Freund nur noch in letzter Sekunde am Ärmel seines Hemds packen. Sonst wäre Tim unter Wasser gedrückt worden und vielleicht nie wieder aufgetaucht. Allmählich aber beruhigte sich der Fluss und floss endlich wieder gemächlicher dahin.

»Danke«, sagte Tim, als sie das Schlimmste überstanden hatten.

»Wofür?«, fragte Bob.

»Dafür, dass du mich aus dem Wasser gezogen hast«, erklärte Tim. »Wofür sonst?«

»Ich brauch dich doch noch«, erwiderte Bob.

»Du meinst, du brauchst meinen klugen Kopf, weil du ohne mich und mein *Big Brain* nicht zurechtkommst. Stimmt's?«, wollte Tim wissen, während er sich genau wie Bob weiter an den Ast geklammert hielt.

»Nein, weil ich mich ohne deine eingebildeten Kommentare schrecklich langweilen würde«, entgegnete Bob.

Tim verzichtete auf eine Erwiderung, und so ließen sich die beiden Jungs einen Moment im Wasser treiben, bis Bob die Stille unterbrach.

»Und ich wüsste trotzdem gern, wer diese Typen waren.«

»Du kannst ja umdrehen und sie fragen«, schlug Tim vor.

»Lass mal gut sein, so wichtig ist das auch wieder nicht.«

»Erinnerst du dich, was Snyder damals im Krankenhaus gesagt hat, als plötzlich der Hubschrauber auftauchte und das Feuer eröffnete? ›Wenn man für den S.W.A.P. arbeitet, ist immer irgendjemand hinter einem her‹«, erklärte Tim.

»Wenn man vom Teufel spricht«, murmelte Bob.

»Von welchem Teufel redest du zum Teufel noch mal?«, fragte Tim.

»Na, von dem da vorn natürlich!«, erwiderte Bob und deutete auf das Flussufer.

## KAPITEL FÜNF
## BEGEGNUNG AM FLUSS

Der Top-Agent des S.W.A.P., Thomas Snyder, der unter dem Decknamen S.W.A.P. 0001 arbeitete und einfach der Beste seines Fachs war, saß auf einem kleinen Klapphocker am Ufer des Flusses und hielt eine Angelrute in der Hand. Er trug ein grünes Hemd und ein Paar Gummistiefel, die ihm bis über die Knie gingen. Neben ihm stand ein Wassereimer, aus dem immer wieder die Schwanzflosse eines Fisches auftauchte, der verzweifelt versuchte, aus seinem Plastikgefängnis zu entkommen. Snyder winkte Bob und Tim freundlich zu und machte auf die Jungs überhaupt einen sehr entspannten Eindruck. So locker hatten sie ihn noch nie gesehen.

Die Jungs blickten sich fragend an, dann ließen sie ihren Baumstamm los und schwammen zu dem Top-Agenten hinüber. An der Stelle, an der Snyder sie auf seinem Klapphocker schon erwartete, war das Wasser so seicht, dass sie endlich Boden unter den Füßen hatten und an Land gehen konnten, während ihr Ast langsam mit der Strömung davontrieb.

»Hey, passt doch auf! Ihr verscheucht mir ja die ganzen Fische!«, knurrte Snyder die beiden an. Die Jungs grinsten beruhigt. Das war schon eher der Snyder, wie sie ihn kannten.

Wieder an Land spürten Bob und Tim plötzlich, wie sehr die Flucht vor ihren Angreifern sie erschöpft hatte. Sie waren durch den Wald gehetzt, durch einen Bach gewatet, hatten einen Berg bestiegen und gefährliche Stromschnellen überlebt. Jetzt blieben sie einfach an dem sandigen Flussufer liegen und versuchten, Kraft zu schöpfen und nicht an die kalten und nassen Klamotten zu denken, die ihnen am Körper klebten und sie frösteln ließen.

»Da kann ich hier auch einpacken. Fische sind wegen euch jetzt jedenfalls absolut keine mehr da«, brummte Snyder und begann, die Teleskopstange seiner Angelrute einzufahren.

»Da waren drei Hubschrauber, die haben auf uns geschossen«, sagte Bob leise, während Snyder seine Sachen in eine Tasche packte.

»Und dann haben sich aus denen sechs Männer mit einem Hund abgeseilt ...«, fuhr Tim fort.

»Was für ein Hund?«, erkundigte sich Snyder.

»Na, so ein riesiges Viech eben! Ein Rottweiler oder so!«, antwortete Tim, der nur ungern zugeben wollte, dass es ein Zwergdackel gewesen war.

»Auf jeden Fall haben die uns gejagt! Durch den Wald und auf den Berg. Wir konnten uns nur durch einen Sprung in den Fluss retten. Es ist ein wahres Wunder, dass wir uns nicht alle Knochen gebrochen haben«, ergänzte Bob.

Die Jungs starrten Snyder einfach nur an. Nicht einmal Tims *Big Brain* gelang es, zu verstehen, welche Rolle der Top-Agent des S.W.A.P. bei der Verfolgungsjagd gespielt hatte, die sie beinahe das Leben gekostet hätte.

»Die Finnen haben gesungen«, erklärte Snyder, als er die ratlosen Gesichter der Jungs sah.

»Unsere Doppelgänger?«, sagte Tim.

»Kennt ihr noch andere Finnen?«, fragte Snyder.

Die Jungs schüttelten die Köpfe.

»Klar waren das eure Doppelgänger. Sie haben sie aufgespürt und ausgequetscht«, sagte Snyder.

»Und wo sind die zwei jetzt?«, fragte Bob.

»Ich habe absolut keine Ahnung. Wir haben jeglichen Kontakt zu ihnen verloren. Es steht zu befürchten, dass ...« Snyder ließ den Satz unvollendet, doch Bob und Tim ahnten, was Snyder ihnen lieber nicht sagen wollte.

»Wir wussten, dass sie die Finnen geschnappt hatten, aber wir waren absolut nicht sicher, ob sie auch hinter euch her sind. Deswegen habe ich sie hierhergelockt«, fuhr Snyder fort.

»Wer sind die?«, wollte Bob wissen.

»Dazu darf ich nichts sagen, das ist noch topsecret. Außerdem wisst ihr doch selbst: Wenn du für den S.W.A.P. arbeitest, ist immer irgendwer hinter dir her. Wir sind wie Mädchen für die Jungs, wie Honig für die Bären, wie die Maus für die Katze, wie Peter Pan für Käpt'n Hook, wie Harry Potter für Voldemort, wie ...«

»Danke, das reicht«, unterbrach Bob den Top-Agenten. »Wir haben verstanden.«

»Aber wie haben Sie die denn hierhergelockt? Und warum gerade hierher?«, fragte Tim, der sich dabei sein Ohrläppchen rieb, um klarer denken zu können. Vor lauter Fragen, die ihm durch den Kopf schossen, vergaß er sogar seine nassen Sachen und die Kälte, die ihm in die Knochen kroch. Bob ging es nicht anders, nur dass er sich nicht das Ohrläppchen rieb, sondern seine Fingerknochen knacken ließ. Wie immer, wenn er angespannt war.

»Weil das mein absoluter Lieblingsplatz ist. Ich komme hier häufiger zum Angeln her. Auf diese Weise konnte ich das Angenehme mit dem Nützlichen verbinden«, erklärte Snyder.

»Sie konnten aber doch nicht wissen, dass unser Lehrer mit uns zu diesem Fossilienacker fährt«, widersprach Tim.

»Doch, konnte ich. Ich habe ihm einfach ein paar Infos über das Feld zugespielt. Es war klar, dass er als Erdkundelehrer darauf anspringen würde. Dann mussten wir *denen* nur noch einen Tipp geben, wo ihr wann zu finden seid.«

»Sie haben uns verraten?«, riefen Bob und Tim gleichzeitig.

»So hart würde ich das absolut nicht ausdrücken«, wiegelte Snyder ab. »Wir mussten einfach ganz sichergehen, dass sie wirklich hinter euch her sind. Hätten wir warten sollen, bis sie versuchen, euch in einer Fußgängerzone abzuknallen? Nein, hier draußen war es für den Rest der Menschheit viel ungefährlicher. Außerdem wusste ich, dass ihr es schaffen würdet. Na ja, zumindest habe ich das gehofft, der S.W.A.P. hat nämlich einen neuen Auftrag für euch.«

»Und worum geht es diesmal?«, fragte Tim, der seine Wut auf Snyder nur schwer verbergen konnte.

»Es ist schlimm«, erklärte Snyder ernst.

»Das ist es immer«, bemerkte Bob.

»Aber diesmal ist es schlimmer als immer«, entgegnete der Top-Agent. »Absolut!«

»Und was, bitte schön, ist so viel schlimmer als immer?«, wollte Tim wissen, als er mit einem Mal von einem lauten Kläffen unterbrochen wurde.

Snyder und die Jungs blickten zum Fluss, auf dem ihre Verfolger mit dem Zwergdackel in einem großen schwarzen Raftingboot über die Stromschnellen herangeschossen kamen.

»Von wegen Rottweiler! Wusste ich doch, dass ihr nur angeben wolltet«, brummte Snyder. »Trotzdem sollten wir hier schleunigst verschwinden.«

»Sie sind tatsächlich gesprungen. Ich hätte nicht gedacht, dass sie springen«, murmelte Tim.

»Müssen wir wieder irgendwo runterspringen, um hier zu verschwinden?«, fragte Bob.

»Nein, absolut nicht! Wir nehmen ein Suburb-Shuttle«, erklärte Snyder.

»Wie soll denn hier ein Shuttle hinkommen?«, fragte Tim.

»Gar nicht, es ist nämlich schon da. Es wartet unten in der Station auf uns.« Snyder humpelte zu dem Wassereimer hinüber, weil sein Bein nach dem Unfall durch die Raviolidose der Jungs immer noch schmerzte, und rückte ihn ein Stück zur Seite. Darunter kam ein kreisrunder, sandfarbener Deckel zum Vorschein.

»Los, macht schon auf«, kommandierte Snyder. »Oder muss ich mich um alles alleine kümmern?«

Bob erhob sich seufzend und öffnete den Deckel. Darunter lag ein Schacht, der senkrecht in die Tiefe führte. Seitlich war eine Leiter angebracht, an der man hinunterklettern konnte. Die Jungs waren schon oft genug durch solche Röhren zu Shuttle-Stationen gekrochen, die sich über die ganze Welt verstreut befanden. Der S.W.A.P. besaß ein riesiges Shuttle-Streckennetz, das es seinen Agenten erlaubte, nahezu jeden Punkt der Erde mit Schallgeschwindigkeit zu erreichen. Die enormen Kosten für den Bau und den Unterhalt dieser weltumspannenden Shuttle-Tunnel waren einer der Hauptgründe, warum der S.W.A.P. ständig pleite war und seine Agenten nicht bezahlen konnte.

Die sollen nur kommen! Denen verpass ich eine Kugel in ihr Gummiboot!
BANG
Alles in Ordnung bei Ihnen da oben, Snyder?
Haben Sie die jetzt alle erschossen?
Und den süßen Hund etwa auch?
Keine Sorge, die sind absolut unverletzt. Ein Schuss hat gereicht und bei denen war die Luft raus. Die sind mit ihrem Seehund jetzt erst mal eine Runde schwimmen gegangen. Da verschafft uns den Vorsprung, den wir brauchen.

# KAPITEL SECHS
# ZURÜCK ZUR ZENTRALE

Das Suburb-Shuttle wartete in der Station schon auf sie, genau wie Snyder gesagt hatte. Tim nahm an, dass es dasselbe war, mit dem der Top-Agent zum Angeln hierhergekommen war. Die Shuttles des S.W.A.P. sahen alle aus wie kleine U-Boote und besaßen zwei Sitze, einen vorne und einen hinten. Viel Platz war nicht, und wenn man zu dritt damit reisen wollte, mussten sich zwei der Passagiere einen der schmalen Sitze teilen. Beleuchtet wurde die Kapsel, die eine Glaskuppel besaß, von blauen Dioden. Die Farbe sollte die Fahrgäste beruhigen, wenn das Gefährt mit Mach 2 durch die schmalen Röhren schoss, die die Stationen untereinander verbanden.

»Warum gibt es hier überhaupt eine Haltestelle? Hier will doch keiner hin«, sagte Bob und setzte sich auf den Vordersitz.

»Klar will da einer hin«, erwiderte Snyder. »Und zwar ich! Den Luxus habe ich mir gegönnt. Ohne die Entspannung beim Angeln ist dieses nervenaufreibende Top-Agenten-Leben absolut nicht auszuhalten. Und jetzt ab nach hinten mit dir! Aber ein bisschen dalli! Was fällt dir überhaupt ein?!«

»Wie bitte?«, fragte Bob verständnislos.

»Das ist seine Art, dich höflich zu bitten, wieder aufzustehen und dich auf den Rücksitz zu setzen«, erklärte Tim seinem Freund.

»Sagen Sie das doch gleich«, sagte Bob und stieg wieder aus, um Snyder Platz zu machen.

»Können wir Ihnen irgendwie helfen?«, erkundigte sich Tim, weil es Snyder sichtlich schwerfiel, mit seinem verletzten Bein in das Shuttle einzusteigen.

»Das kann ich absolut allein!«, brummte Snyder. »Ich brauche keine Hilfe, und von euch schon gar nicht. Ich bin fit wie ein Turnschuh.«

»Das sehe ich«, murmelte Bob. »So ein ausgelatschter Turnschuh vielleicht, bei dem die Sohle schon gebrochen ist und der vorne ein Loch hat, wo der dicke Zeh rausguckt.«

»Das habe ich gehört!«, brüllte Snyder, dem es mittlerweile gelungen war, seinen Platz einzunehmen. »Worauf wartet ihr noch? Rein mit euch, damit wir hier endlich wegkommen. Und wehe, ihr macht die Polster nass!«

»Wie soll das denn gehen? Wir sind immer noch klitschnass«, bemerkte Tim, und das stimmte. Auf dem Bahnsteig der Shuttle-Station hatten sich bereits zwei Pfützen gebildet. Genau an der Stelle, an der die Jungs standen.

»Keine Sorge, ich schalte gleich einen Föhn ein«, sagte Snyder. »Und jetzt steigt ein, sonst lasse ich euch hier stehen und fahre schon mal vor. Dann könnt ihr die ganze Strecke zur Zentrale laufen, falls euch die Kerle da oben nicht eine Mitfahrgelegenheit anbieten.«

Bob und Tim kletterten schnell auf den Rücksitz, weil sie dem Top-Agenten durchaus zutrauten, dass er seine Drohung wahr machte. Dann schloss Snyder auch schon die Glaskuppel über ihnen, und das Shuttle beschleunigte von null auf hundert im Bruchteil einer Sekunde.

»Und was ist mit dem Föhn, den Sie uns versprochen hatten?«, erkundigte sich Tim, obwohl er nicht wirklich damit rechnete, dass Snyder einen aus dem Handschuhfach des Shuttles zaubern würde. Soweit die Jungs das von ihren bisherigen Shuttle-Reisen wussten, gab es in den Hochgeschwindigkeitskapseln überhaupt kein Handschuhfach.

»Kommt gleich«, erwiderte Snyder und holte sein S.W.A.P.-Book aus einer Tasche seines Anglerhemds.

Während ihrer Einsätze hatten die Jungs auch eines gehabt. Das S.W.A.P.-Book war eine Art Tablet, das ihnen Zugang zu allen Datenbanken dieser Welt ermöglichte. Außerdem befanden sich darauf das legendäre Handbuch des S.W.A.P. mit Tipps für hoffnungslose Situationen sowie diverse Schadensformulare. Diese Formulare mussten die Agenten ausfüllen, wenn bei ihren Einsätzen etwas kaputtging. Angela Steel, die Chefin des S.W.A.P., entschied dann, ob die Verursacher den Schaden selber zu bezahlen hatten oder ob der Geheimdienst großzügig dafür aufkam. Meistens mussten die Agenten zahlen.

Snyder gab ein paar Daten in das Tablet ein, das auf seinem Schoß lag. Dann berührte er mit dem Zeigefinger einen blinkenden roten Knopf, der auf dem Display erschienen war. Neugierig schauten Bob und Tim dem Top-Agenten über die Schulter.

»Warum haben Sie das getan?«, rief Tim. »Was wäre gewesen, wenn das Shuttle dem Druck nicht standgehalten hätte? Wenn uns das ganze Ding hier um die Ohren geflogen wäre?«

»Da bestand absolut überhaupt keine Gefahr. Die Shuttles halten was aus. Die sind solide gebaut, sonst wären sie auch nicht so teuer gewesen.« Um seine Aussage zu bekräftigen, klopfte Snyder mit den Fingerknöcheln auf das Armaturenbrett vor ihm. Als er die Hand wieder wegnahm, waren an genau der Stelle zwei Dellen im Blech.

»Sie haben mich überzeugt«, bemerkte Tim spöttisch. »Die Dinger sind wirklich solide.«

»Und hoffentlich auch feuerfest«, rief Bob, der sich umgedreht hatte und besorgt die Feuerwalze beobachtete, die durch die enge Röhre hinter ihnen hergeschossen kam.

»Das ist der Föhn, den ich euch versprochen habe«, sagte Snyder unbeeindruckt. »Aber euch kann man es ja absolut nie recht machen.«

»Sie haben gut reden, Sie sitzen vorn«, erwiderte Bob, der erschreckt bemerkte, dass das Feuer schneller war als sie und die züngelnden Flammen immer näher und näher kamen.

»Und?«, fragte Tim, weil er keine Veränderung feststellen konnte.

»Wir sind genauso schnell wie vorher, und das Feuer kommt immer noch näher«, rief Bob, der den Blick weiter nach hinten in die Shuttle-Röhre gerichtet hielt.

Snyder sagte nichts, sondern drückte noch einmal auf den Knopf vor ihm, und dann noch mal und noch mal und noch mal. Nach dem zehnten Mal gab er auf und murmelte: »Die Technik ist wohl noch nicht ganz ausgereift. Aber das wird schon noch.«

»Dann ist es zu spät! Wir werden hier gleich gegrillt«, schrie Bob.

Snyder drückte erneut auf den Knopf, obwohl auch er genau wusste, dass das überhaupt nichts bringen würde. Tim rieb sich sein Ohrläppchen, um besser nachdenken zu können. Aber selbst er hatte keine Idee, wie sie sich aus dieser Lage hätten retten können.

Das Feuer hatte das Heck ihres Shuttles bereits erreicht. Im Inneren war es so heiß geworden, dass die nassen Kleider der Jungs das Flusswasser ausschwitzten. Als Kondenswasser lief es an den Scheiben herab.

»Das war es dann wohl«, erklärte Tim. »War eine nette Zeit mit euch.«

»Die Freude war ganz meinerseits.« Bob reichte seinem Freund die Hand, die Tim feierlich schüttelte.

Kurz darauf ließ auch die Giga-Turbobeschleunigung schon wieder nach, und das Shuttle schoss in seiner normalen Geschwindigkeit durch die Röhre vor ihnen. Als Bob ein weiteres Mal über die Schulter blickte, war von der Feuerwand nichts mehr zu sehen.

»Na, was hab ich gesagt?!«, verkündete Snyder zufrieden. »Funktioniert doch alles absolut einwandfrei! Wir sind hier schließlich beim S.W.A.P. und nicht bei irgend so einem Amateur-Geheimdienst, nicht wahr, Jungs?«

»Wir sind aber Amateure«, widersprach Tim.

»Ihr doch nicht«, entgegnete Snyder gönnerhaft. »Ihr seid doch mittlerweile echte Profis. Immerhin habt ihr beiden schon drei Mal die Welt gerettet.«

»Ja, aber wir haben kein Geld dafür bekommen«, sagte Tim. »Weil der S.W.A.P. uns nicht bezahlt hat. Also sind wir Amateure. Profis wären wir, wenn wir dafür bezahlt würden.«

»Ihr zwei seid eben absolute Idealisten«, erklärte Snyder. »Schön, dass es so etwas noch gibt.«

»Wieso haben Sie die Station überhaupt in die Luft gejagt?«, fragte Bob.

»Damit diese Anfänger uns nicht folgen können«, erwiderte Snyder und kicherte. »Es wird einige Zeit dauern, bis die da wegkommen. Da gibt es nämlich keine Straße, da kommt man nur mit dem Shuttle hin.«

»Kam«, korrigierte Tim den Top-Agenten.

»Wie bitte?«, fragte Snyder.

»Vergangenheitsform von ›kommen‹, weil man da jetzt ja auch mit einem Shuttle nicht mehr hinkommt«, erklärte Tim. »Sie werden sich einen anderen Angelplatz suchen müssen.«

»★☘✲☠≋#🗡«, fluchte Snyder. »Daran hatte ich absolut nicht gedacht!«

Das Shuttle wurde langsamer und stoppte schließlich, weil sie ihr Ziel erreicht hatten. Die Station war in grelles Neonlicht getaucht. Das Licht blendete die Jungs, als sie aus der Kapsel stiegen. Snyder schien das schon zu kennen. Er hatte vorsorglich eine Sonnenbrille aufgesetzt.

»Willkommen in der Zentrale«, erklärte Snyder und steuerte auf einen Aufzug zu.

»Ist das hier dasselbe Gebäude, in das Sie uns damals bei unserem ersten Einsatz für den S.W.A.P. verschleppt haben?«, wollte Bob wissen.

»Wir haben euch doch nicht verschleppt«, rief Snyder empört.

»Doch, haben Sie«, bestätigte Tim.

»Angeworben ist ja wohl das absolut treffendere Wort«, sagte Snyder. »Und nein, es ist nicht dasselbe Gebäude. Wir haben die Zentrale in der Zwischenzeit mindestens fünf Mal verlegt. Alles andere wäre viel zu gefährlich.«

Als Snyder vor dem Aufzug angekommen war, öffneten sich dessen Türen automatisch.

»Funktioniert der auch?«, fragte Bob skeptisch.

»Nicht, dass wir zwischen zwei Etagen stecken bleiben«, ergänzte Tim.

»Klar funktioniert der!«, sagte Snyder. »Wir sind hier ja schließlich beim S.W.A.P.!«

»Eben«, brummte Bob, als er mit Tim dem Top-Agenten in die Kabine folgte.

Snyder tat so, als wenn er das nicht gehört hätte. Die Türen des Lifts schlossen sich, und die Kabine setzte sich in Bewegung.

# KAPITEL SIEBEN DER ERSTE ZOMBIE

»Beim S.W.A.P. gibt es keinen Feierabend«, knurrte Snyder. »Das wäre ja noch schöner. Wahrscheinlich stecken die alle in der Kantine. Kaum ist man mal fünf Minuten nicht da, tut hier doch sowieso jeder, was er will, und nicht, was er sollte.«

»Ich dachte, die Chefin würde die Stellung halten, während Sie beim Angeln sind?«, erkundigte sich Tim.

»Genau! Angela Steel, wo steckt die denn?« Bob sah den Top-Agenten fragend an.

»Die ist krank«, erwiderte Snyder und grinste.

»Und was hat sie?«, wollte Bob wissen. »Hoffentlich nichts Ernstes?!«

»Die hat sich bei mir mit den Windpocken angesteckt«, erklärte Snyder und lachte. »Sie hat absolut zauberhafte rote Punkte im Gesicht ... und nicht nur da.«

Die Jungs erinnerten sich noch gut, dass Snyder am Ende ihrer letzten Mission für den S.W.A.P. mit Windpocken im Bett gelegen hatte und ihnen deswegen bei ihrem Einsatz nicht hatte helfen können. Bob und Tim hatten die Windpocken schon gehabt, als sie noch zur Grundschule gingen. Für Kinder waren die roten Pusteln lästig, aber nicht weiter gefährlich. Bei Erwachsenen sah die Sache allerdings ganz anders aus. Snyder war die Kinderkrankheit damals schrecklich peinlich gewesen, und Angela Steel hatte keine Gelegenheit ausgelassen, sich über ihn lustig zu machen. Dass es nun die Chefin des S.W.A.P. selber erwischt hatte, erfüllte Snyder ganz offensichtlich mit großer Genugtuung. Der Top-Agent strahlte vor Schadenfreude wie ein Honigkuchenpferd.

Er und die Jungs hatten mittlerweile die letzte Tür auf dem Flur erreicht. In dem weiß gekachelten Raum dahinter saßen ein Mann und ein schwarz gekleidetes Mädchen an einem Tisch mit einer rot-weiß karierten Papiertischdecke, auf der ein großer Haufen leerer Schokoriegelverpackungen lag. Die zwei drehten Snyder und den Jungs den Rücken zu und schienen deren Kommen noch gar nicht bemerkt zu haben, weil sie sich angeregt miteinander unterhielten. An einer der Wände standen drei große Automaten: einer für Süßigkeiten, einer für Kaffee und einer für kalte Getränke.

Der Dicke sprang ertappt von seinem Stuhl auf, als er Snyders Stimme hörte, und fegte dabei die Tischdecke mit dem Müll vom Tisch. Das Mädchen dagegen blieb seelenruhig sitzen und begrüßte den brüllenden Top-Agenten nur mit einem freundlichen »Hallo, Paps!«, ohne sich umzudrehen.

Bob und Tim kannten Snyders Tochter schon von ihren vorherigen Einsätzen für den S.W.A.P. Sie war ungefähr im selben Alter wie die Jungs, und ihr Name lautete Hoka Hay. Das Ninja-Mädchen hatte Bob und Tim bei allen ihren drei bisherigen Missionen übers Ohr gehauen und die Belohnung, das Lob und die Anerkennung kassiert, die eigentlich den Jungs zugestanden hätten. So richtig böse konnten sie ihr trotzdem nicht sein, weil Hoka Hay ihnen schon ein paarmal das Leben gerettet hatte und sowohl Bob als auch Tim bis über beide Ohren in das schwarzhaarige Mädchen mit dem Stirnband verknallt waren. Aber das hätten die Jungs natürlich niemals zugegeben.

Auch den Dicken, der immer noch damit beschäftigt war, die karierte Tischdecke und die Schokoriegelverpackungen vom Boden aufzusammeln, kannten die Jungs bereits. Sein Deckname lautete S.W.A.P. 0815, aber jeder sagte nur Otto zu ihm. Er war beim S.W.A.P. als Mädchen für alles für die Dinge zuständig, die nichts mit Schießereien oder Verfolgungsjagden zu tun hatten. Für riskante Einsätze war Otto nicht zu gebrauchen, die waren ihm viel zu gefährlich. S.W.A.P. 0815 liebte es eher ruhig und gemütlich.

Hoka und Otto lachten, doch noch bevor Bob und Tim erklären konnten, warum sie in den Fluss gesprungen waren, fragte Snyder: »Und? Geht es ihm gut?«

»Den Umständen entsprechend«, antwortete Hoka Hay, die Bob und Tim noch keines Blickes gewürdigt hatte. Erst jetzt sah sie die beiden an und sagte: »Hey, Jungs, was habt ihr denn am Fluss gemacht? Einen Staudamm gebaut? Wow, wie aufregend. Aber das nächste Mal passt ihr ein bisschen auf, wenn ihr so nah am Wasser spielt. Mein Vater und ich sind nicht immer in der Nähe, um euch da wieder rauszufischen.«

Bob und Tim nickten bloß. Sie waren, was höchst selten vorkam, noch immer viel zu perplex:

– weil Snyder und Hoka Hay sie wie zwei kleine Kinder behandelten,
– weil Hoka trotz allem mal wieder umwerfend aussah

– und weil sie keinen blassen Schimmer hatten, wer diese geheimnisvolle Person war, nach der Snyder sich erkundigt hatte.

»Ist er noch im Isolationszimmer?«, fragte Snyder weiter.

»Klar ist er das«, erwiderte Otto. »Ich werde ihn ja wohl kaum zu uns in die Kantine einladen. Bin ja nicht lebensmüde.«

»Das hier ist die Kantine?«, fragte Bob überrascht und deutete auf die drei Automaten, die an der Wand standen.

»Was dagegen?«, fragte Snyder gereizt zurück.

»Essen und Trinken wird sowieso überbewertet«, bemerkte Hoka. »Ich kann locker vier Wochen auf beides verzichten. Habe ich schon hundertmal gemacht.«

Die Jungs waren sich nicht sicher, ob sie ihr das glauben sollten oder nicht. Niemand konnte einen Monat lang ohne Essen und Trinken überleben. Andererseits wussten Bob und Tim, dass Hoka Hay seit ihrer frühesten Kindheit darauf gedrillt worden war, als Ninja-Kämpferin gegen sich selbst genauso rücksichtslos zu sein wie gegen ihre Gegner.

»Die Schokoriegel sind echt lecker«, bemerkte Otto, der die aufgesammelten Verpackungen schnell in einem Papierkorb neben den Automaten verschwinden ließ und die Tischdecke wieder auf dem Tisch ausbreitete. »Und gemütlich ist es hier auch.«

»Könnte ich dann bitte einen Kaffee kriegen? Oder einen Tee? Irgendetwas zum Aufwärmen?«, fragte Bob. Die Feuerwalze im Shuttle-Tunnel hatte ihre Sachen nicht vollständig trocknen können, und die Hemden und Hosen der Jungs waren immer noch ein wenig klamm. Bob fror und hatte den begründeten Verdacht, dass die Chefin die Heizung in der unterirdischen Zentrale abgestellt hatte, um Energiekosten zu sparen.

»Geht leider nicht.« Otto zuckte bedauernd mit den Schultern. »Der Kaffeeautomat ist seit einem halben Jahr kaputt. Aber Angela hat versprochen, ihn reparieren zu lassen, sobald wieder ein bisschen Geld in der Kasse ist.«

»Also nie«, bemerkte Tim.



»Ich spendiere euch zwei Kaffee, wenn unser Einsatz beendet ist«, schlug Hoka vor. »Obwohl – dürft ihr überhaupt schon Kaffee trinken? Wollt ihr nicht lieber zwei Tassen Kakao?«

»Und die bezahlst du dann von den üppigen Belohnungen, die eigentlich wir verdient hätten und um die du uns betrogen hast«, erwiderte Tim. »Sehr großzügig!«

»Für einen, den man aus dem Wasser fischen musste, spuckst du ziemlich große Töne«, entgegnete Hoka.

»Auf uns wurde aus einem Hubschrauber geschossen«, mischte Bob sich ein.

»Und dann haben uns sechs bewaffnete Männer gejagt«, ergänzte Tim.

»Ja, mit einem Zwergdackel«, bemerkte Snyder.

Er und Hoka lachten, und sogar Otto konnte sich ein Grinsen nicht verkneifen.

»Um was für einen Einsatz geht es denn jetzt überhaupt?« Tim wollte das Thema wechseln, weil ihm das alberne Gekicher auf die Nerven ging.

»Hast du ihnen noch gar nichts gesagt?« Hoka Hay sah ihren Vater vorwurfsvoll an.

»Er hat nur gesagt, dass es schlimmer als immer ist«, erklärte Bob.

»Dann wird es höchste Zeit, dass wir ihnen zeigen, um was es geht«, erklärte Hoka Hay. »Würde mich gar nicht wundern, wenn die beiden danach zurück zu ihren Mamas möchten.«

»Und ich könnte sie sogar verstehen«, bemerkte Snyder, der mit einem Mal ganz ernst geworden war. »Lasst uns zu ihm runterfahren.«

»Muss ich mit? Ich habe hier oben noch wahnsinnig viel zu tun«, sagte Otto und deutete auf die karierte Tischdecke. »Die ist dreckig, die muss ich wechseln.«

»Du kommst mit! Alle kommen mit! Oder habt ihr etwa Schiss?«, bellte Snyder.

Bob und Tim sahen sich nur an, sagten aber kein Wort. Sie hatten beide das Gefühl, dass wer auch immer dort auf sie wartete Snyder merklich nervös machte.

Auch das Ninja-Mädchen schwieg auffällig, als sie zu fünft Richtung Aufzug gingen, der sie noch tiefer nach unten bringen sollte.

»Der ist aber nur für vier Personen zugelassen!« S.W.A.P. 0815 zeigte auf ein Schild, das in der Kabine hing. »Na, macht nichts. Ich warte einfach hier oben auf euch.«

»Damit sind vier Erwachsene gemeint«, knurrte Snyder gereizt, was den Verdacht der Jungs nur noch bestätigte. »Wir aber sind drei Kinder, ein Erwachsener und ein Dicker. Damit liegen wir immer noch absolut unter dem Limit. Also Mund halten und einsteigen!«

Der Lift fuhr in die Tiefe, ohne dass Tim hätte sagen können, wie tief es wirklich hinunterging. Plötzlich stoppte die Kabine mit einem heftigen Ruck. Die Aufzugstür öffnete sich und gab den Blick auf einen Gang frei, ganz ähnlich dem, den sie schon weiter oben gesehen hatten. Der einzige Unterschied war, dass es hier nicht ganz viele Türen, sondern nur eine einzige gab, die am Ende des Flurs lag.

»Ich bleibe am besten hier, damit keiner oben die Kabine anfordert und wir nachher warten müssen, wenn wir wieder hochwollen«, sagte Otto und stellte einen Fuß in die Tür.

Snyder brummte nur verächtlich und ging mit den Jungs und dem Ninja-Mädchen auf das Zimmer am Ende des Gangs zu. Als sie näher kamen, erkannten Bob und Tim, dass es in der Tür ein vergittertes Fenster gab, durch das man in den Raum hineinschauen konnte. Darin befand sich ein Mann. Er trug zerrissene Kleider und schleppte sich durch den Raum, als wäre er ein Aufziehroboter. Hatte er die gegenüberliegende Wand erreicht, drehte er sich um und marschierte dieselbe kurze Strecke wieder zurück. So ging es ununterbrochen hin und her.

»Ist der Mann krank?«, fragte Tim besorgt.

»Kann man so nicht sagen«, antwortete Snyder ausweichend.

»Kerngesund sieht der aber auch nicht aus«, bemerkte Bob. »Jetzt spucken Sie es schon aus. Was ist mit dem?«

»Der Mann ist tot«, verkündete Hoka Hay.

»Blödsinn! Wenn er tot wäre, könnte er sich doch gar nicht mehr bewegen«, widersprach Tim.

Ihr habt beide absolut recht. Der Mann ist tot und bewegt sich trotzdem.
Das ist unmöglich! Es sei denn, er ist ein …
Zombie.

## KAPITEL ACHT
## MITLEID MIT EINEM UNTOTEN

Der Mann in der Zelle hatte schwerfällig die Richtung geändert und schlurfte jetzt auf die Tür zu, hinter der Snyder, Hoka und die Jungs standen. Zum ersten Mal konnten Bob und Tim sein Gesicht erkennen. Es sah schrecklich Furcht einflößend aus und gleichzeitig entsetzlich traurig.

»Der kriegt die Tür doch nicht auf, oder?«, erkundigte sich Bob. »Nicht, dass ich Angst hätte, aber ...«

»Keine Sorge, das ist absolut sicher. Wir haben den Türrahmen extra mit Stahlriemen verstärken lassen«, antwortete Snyder. »Und selbst wenn es ihm gelingen würde, da rauszukommen. Es ist ja kein Zufall, dass wir ihn hier unten untergebracht haben.«

Der Zombie hatte inzwischen die Tür erreicht. Sein Gesicht befand sich jetzt genau vor dem vergitterten Fenster. Tim war sich nicht sicher, ob der Zombie sie sehen konnte oder nicht.

»Sollte es ihm tatsächlich gelingen, hier auszubrechen«, fuhr Snyder fort, »dann würde ihn die Bedienung des Aufzugs vor ein absolut unlösbares Problem stellen.«

»Warum?«, wollte Tim wissen.

»Weil Zombies kein Gehirn haben«, erwiderte Hoka. »Hast du noch nie einen Zombie-Film gesehen?«

»Vielleicht haben sie kein Hirn, aber sie haben ein Herz«, bemerkte Bob. »Mir tut er leid. Er sieht so traurig aus.«

»Mal schauen, ob er dir auch noch leidtut, wenn er dir an die Gurgel geht«, entgegnete Snyder.

»Dafür kann er ja nichts«, sagte Tim. »Das ist ein Zombie. Der muss das machen, und daher kann man ihm auch gar keinen Vorwurf machen. Mir tut er auch leid.«

»Und mir tut ihr beiden leid.« Hoka Hay schnaufte verächtlich. »Mitleid mit einem Zombie! Also ehrlich, ihr tickt wohl nicht mehr ganz richtig.«

Der Zombie hatte sich wieder umgedreht und marschierte auf die gegenüberliegende Wand zu.

»Gibt es noch mehr von seiner Sorte?«, fragte Bob. »Oder ist er der Einzige?«

»Kennt ihr nicht das alte Sprichwort: Ein Zombie kommt selten allein?«, fragte Snyder zurück.

»Nein«, entgegnete Tim, und Bob ergänzte: »Nie gehört.«

»Wie auch? Das habe ich mir gerade erst ausgedacht. Aber im Ernst: Wir haben absolut keine Ahnung, ob er noch Kollegen hat. Der hier stand eines Tages plötzlich vorm Eingang der Zentrale und hat eine Stunde nach der Klingel gesucht. Irgendwer muss ihn da abgestellt haben, damit wir ihn finden.«

Bei seinem Marsch durch das Zimmer war der Zombie in einer Ecke des Raums gelandet und hatte sichtlich Probleme, wieder dort rauszukommen, um seinen Marsch fortzusetzen. Bob griff nach der Türklinke.

»Was hast du vor?«, fragte Hoka Hay.

»Ich will ihm helfen«, erwiderte Bob. »Der kommt doch von allein nie wieder aus der Ecke raus.«

»Mach nur«, sagte Hoka. »Wenn du selber ein Zombie werden willst, geh nur da rein zu deinem neuen Freund.«

Bob nahm die Hand wieder von der Klinke.

»Sie hat absolut recht«, mischte sich Snyder ein. »Die Ansteckungsgefahr ist schlimmer als bei den Windpocken. Ein Biss, ein Kratzer, vielleicht auch nur ein Speicheltropfen, und man wird selbst zum Zombie.«

»Haben Sie eine Ahnung, wer ihn dem S.W.A.P. vor die Tür gestellt hat? Das war doch bestimmt kein Zufall«, sagte Tim.

»Es gibt weder ein Bekennerschreiben noch einen Drohbrief«, erklärte Snyder. »Ich hatte ja zuerst vermutet, dass wieder einmal Baron von Funeral dahintersteckt.«

»Aber den haben wir doch mit dem Atomisator ins Weltall gepustet.« Bob starrte durch das kleine Fenster weiter auf den Zombie, der in seiner Ecke immer zappeliger wurde.

»Eben«, bestätigte Snyder. »Und deswegen haben wir absolut keinen Schimmer, wer dahinterstecken könnte.«

Bob und Tim waren Baron von Funeral bei all ihren bisherigen Einsätzen begegnet. Er war der geheimnisvolle Drahtzieher, als Professor Hazweio die Wasserreserven der Welt hatte verschwinden lassen wollen. Und auch Madame Hot, die die Vulkane dieser Erde per Knopfdruck zum Ausbruch bringen konnte, war am Ende nur eine Handlangerin des Barons gewesen. Bei ihrer letzten Mission hatte von Funeral die Sache des Bösen dann selbst in die Hand genommen. Die Jungs hatten ihn mit einer Raumkapsel bis auf die Rückseite des Mondes verfolgen müssen, bevor sie ihn endgültig hatten stoppen können. Mit ihrem Atomisator hatten sie ihn ins Universum geschossen, wo er – zumindest hofften sie das – immer noch als Weltraumschrott herumsegelte.

Dem Zombie war es endlich gelungen, sich aus seiner Ecke zu befreien. Er marschierte jetzt wieder auf die Tür zu und sah ärgerlich aus, fand Bob. Obwohl Gefühle in dem ausdruckslosen Gesicht nur schwer zu deuten waren. Trotzdem schien sein Gang nun zielgerichteter als zuvor. So als müsste er die überschüssige Energie, die sich in der Ecke in ihm angesammelt hatte, irgendwie wieder loswerden. Als er das vergitterte Fenster erreicht hatte, riss der Zombie den Mund auf und stieß ein Fauchen aus, das auf der anderen Seite der Tür allen das Blut in den Adern gefrieren ließ.

»Ungewöhnliche Situationen erfordern absolut ungewöhnliche Maßnahmen. Und wer soll es sonst machen? S.W.A.P. 0815 etwa?« Snyder deutete auf Otto, der immer noch am Aufzug stand. Einen Fuß im Flur, den anderen in der Kabine, damit sich die Tür nicht schließen konnte.

»Und was ist mit Ihnen?«, fragte Tim. »Sie sind doch hier der Top-Agent.«

»Absolut richtig, aber leider muss ich hier die Stellung halten, solange die Chefin krank ist«, erklärte Snyder. »Also müssen die zweit-, dritt- und viertbesten Mitarbeiter des S.W.A.P. ran. Ist doch logisch, oder?«

»Dass die Zweitbeste ranmuss, ist klar«, sagte Hoka. »Aber wozu brauche ich die beiden Komiker? Ich kann niemanden gebrauchen, der mit Zombies lieber kuschelt, als sie zu jagen.«

»Ich glaube, da hast du was falsch verstanden«, sagte Tim. »Die Zweit- und Drittbesten sind wir … dann kommt lange nichts, und dann kannst du dich irgendwo hinten anstellen.«

»Sei froh, wenn wir dich überhaupt mitnehmen«, ergänzte Bob.

»Hört auf zu streiten!«, ging Snyder dazwischen. »Das ist absolut der falsche Zeitpunkt. Ich sagte doch, die Lage ist schlimmer als immer. Noch weiß niemand außer uns, dass es Zombies nicht nur in schlechten Filmen und Büchern gibt, sondern dass sie wirklich existieren ...«

Als wollte er Snyders Behauptung unterstreichen, stieß der Zombie hinter der Tür erneut sein schreckliches Fauchen aus.

»... wenn sich das rumspricht, wird weltweit eine schreckliche Panik ausbrechen. Also absolut kein Wort zu niemandem. Ihr reist zu dritt nach Haiti. Auf der Insel liegen die Wurzeln des Zombie-Kults.«

»Haiti? Liegt das nicht in der Karibik?«, fragte Bob strahlend. »Blauer Himmel, weiße Strände, Palmen. Wow, da wollte ich immer schon mal hin.«

»Vor ein paar Jahren war ich mit meinen Eltern dort«, sagte Tim. »War aber langweilig.«

»Kein Wunder, wenn du dabei warst«, erwiderte Hoka Hay spitz.

»Das wird absolut keine Urlaubsreise für euch drei«, bemerkte Snyder. »Und versprecht mir eins: Vertragt euch! Tut es mir zuliebe. Oder für die Menschheit oder für was auch immer, aber vertragt euch. Sonst wird eure Mission scheitern.«

Bob, Tim und Hoka sahen sich an. Der Zombie hatte angefangen, seinen Kopf gegen die Tür zu rammen, als hätte er keine Lust mehr, in dem engen Raum hin- und herzumarschieren.

»Kann ich mich auf euch verlassen?«, drängte Snyder.

»Absolut«, sagte Bob.

»Absolut«, sagte Tim.

»Absolut«, sagte auch Hoka. »Aber verlang von mir bloß nicht, dass wir jetzt auch noch Hände schütteln oder Blutsbrüderschaft schließen oder so ...«

»Absolut überflüssig«, rief Snyder erfreut. »Ich wusste, dass ich mich auf euch verlassen kann. Es ist auch schon alles vorbereitet. Ein Shuttle nach Haiti ist bereits startklar und wartet nur auf euch. Darin findet ihr auch die nötige Ausrüstung für euren Einsatz.«

»Bissfeste Kleidung?«, fragte Hoka.

»Nein, einen Stadtplan von Port-au-Prince, der Hauptstadt von Haiti«, antwortete Snyder. »Aber geht vorsichtig damit um, den habe ich mit meinem Mitgliedsausweis aus der Bücherei ausgeliehen.«

»Und was ist mit Waffen?«, wollte Bob wissen. »Kriegen wir keine Waffen?«

»Aber natürlich!«, sagte Snyder. »In dem Shuttle liegt außerdem ein Atomisator für euch.«

»Einer für jeden, das ist schon mal ein Anfang«, bemerkte Tim.

»Doch nicht für jeden«, widersprach Snyder und lachte. »Einer für euch alle drei. Ihr wisst doch, dass wir hier beim S.W.A.P. ein bisschen sparen müssen. Und jetzt ab mit euch, wir dürfen absolut keine Zeit mehr verlieren.«

Snyder hinkte den Gang entlang auf den Lift zu. Bob und Tim warfen noch einen letzten Blick durch das vergitterte Fenster auf den Zombie, der immer noch mit dem Kopf gegen die Tür rannte. Dann drehten sie sich um und liefen Hoka und Snyder hinterher.

Snyder hatte den Aufzug erreicht, wo ihn Otto schon nervös erwartete. S.W.A.P. 0815 war sichtlich erleichtert, die unterirdische Etage mit dem Zombie-Zimmer endlich wieder verlassen zu können. Das Poltern am Ende des Flurs wurde immer lauter, und als Bob sich noch einmal umdrehte, glaubte er sogar erkennen zu können, dass sich der Türrahmen bereits leicht verbogen hatte. Wundern tat ihn das nicht. Bei der klammen Finanzlage des S.W.A.P. bestanden die Verstärkungen ganz sicher nicht aus Stahl, sondern höchstens aus Blech oder Aluminium.

Nachdem Bob, Tim und Hoka den Lift betreten hatten, schlug Otto sofort auf einen Knopf, der die Tür schloss.

»Und? Welche Etage?«, fragte er.

»Zur Shuttle-Station«, antwortete Snyder. »Die drei hier machen eine hübsche kleine Reise.«

»Wo soll es denn hingehen?«, erkundigte sich Otto.

»Zu den weißen Stränden der Karibik«, erwiderte Tim.

»Wie schön! Ihr drei seid echt zu beneiden«, schwärmte Otto. »Was würde ich dafür geben, euch begleiten zu dürfen.«

»Mach doch«, schlug Hoka vor. »Wir gehen da unten Zombies jagen. Das wird lustig!«

Otto wurde plötzlich ganz weiß im Gesicht, dann stotterte er: »Nichts, was ich lieber täte! Ehrlich! Aber leider habe ich hier so wahnsinnig viel zu tun. Da ist dieser kaputte Kaffeeautomat, um den ich mich kümmern muss, und überhaupt, die Arbeit in der Zentrale wird ja auch nicht weniger. Da werde ich wohl leider hierbleiben müssen. Das bedauert niemand mehr als ich, das könnt ihr mir glauben.«

# KAPITEL NEUN GEFANGEN IM TUNNEL

Der Aufzug hielt auf derselben Etage, auf der Bob und Tim vor knapp einer Stunde mit Snyder in der Zentrale angekommen waren. Wahrscheinlich war es sogar dasselbe Shuttle, das in der Station auf sie wartete, vermutete Tim. Und tatsächlich erkannte er auf den zweiten Blick nicht nur deutliche Brandspuren auf der Rückseite der Kapsel, sondern auch die Dellen auf dem Armaturenbrett, die Snyders Knöchel dort hinterlassen hatten.

Das Ninja-Mädchen kümmerte sich nicht um die Ermahnung ihres Vaters. Sie ging zu dem Shuttle und schnappte sich den Atomisator, der auf dem Vordersitz lag.

»Und den hier nehme ich lieber auch in Verwahrung, sonst stellt ihr nur wieder irgendwelchen Blödsinn damit an.« Hoka richtete die Waffe zuerst auf Tim, dann auf Bob und dann wieder auf Tim. »Irgendwelche Einwände?«

»Wie könnten wir dir da widersprechen?!«, entgegnete Tim. »Du hast einfach die besseren Argumente in der Hand.«

»Kluger Junge«, erwiderte Hoka und nahm auf dem Vordersitz Platz.

Bob und Tim sahen sich kurz an und quetschten sich dann nebeneinander auf den Rücksitz, wo ein S.W.A.P.-Book, drei S.W.A.P.-Plaketten mit dem Bild eines Erdmännchens – dem Wappentier des Geheimdienstes – und drei Paar Mikrokopfhörer schon für sie bereitlagen. Bob reichte ein Paar nach vorne an das Ninja-Mädchen weiter. Mit den winzigen Kopfhörern, die fast völlig in der Ohrmuschel verschwanden und so von außen kaum zu sehen waren, konnte man nicht nur Kontakt mit der Zentrale halten, sondern auch alle Sprachen der Welt verstehen und sogar sprechen. Ein Mikrochip sendete die dazu nötigen Impulse an das Sprachzentrum des Gehirns und ermöglichte so den Einsatz der S.W.A.P.-Agenten überall auf dem Globus, ohne dass es dabei zu Verständigungsproblemen kam. Im Gegensatz zu vielen anderen Erfindungen des Geheimdienstes funktionierte diese Technik in den meisten Fällen überraschend reibungslos. Im Fußraum des Rücksitzes stand außerdem noch eine Tüte.

»Was ist da drinnen?«, erkundigte sich Tim.

»Nur ein paar Anziehsachen für euch, damit ihr auf Haiti nicht so auffallt«, antwortete Snyder.

»Ist das Shuttle aufgetankt worden?«, fragte Bob.

»Absolut überflüssig«, erwiderte Snyder. »Der Tank ist noch fast voll. Es war ja nur ein Katzensprung von meinem Lieblingsangelplatz bis in die Zentrale.«

»Apropos Katzensprung«, mischte sich Tim ein. »Auf welchem Kontinent befinden wir uns eigentlich gerade?«

»Es ist besser für euch, wenn ihr nicht zu viel wisst. Falls die Kerle mit dem Zwergdackel euch doch noch schnappen, könnt ihr nichts ausplaudern«, erwiderte Snyder. »Aber ich gebe euch einen Tipp: Der Kontinent fängt mit A an.«

»Also sind wir entweder in Asien, Australien, Afrika oder Amerika«, zählte Bob auf.

»Du hast die Antarktis vergessen«, ergänzte Tim.

»Das würde erklären, warum ich die ganze Zeit so friere«, sagte Bob.

Hoka Hay schwieg, weil sie damit beschäftigt war, die Akkuanzeige des Atomisators zu kontrollieren.

»Der ist ja sogar voll aufgeladen«, rief sie erstaunt.

Die Jungs waren darüber genauso überrascht, weil der S.W.A.P. seine Agenten aus Gründen der Sparsamkeit für gewöhnlich mit leerem Akku und der Aufforderung, den Atomisator irgendwo unterwegs an einer Steckdose aufzuladen, losschickte.

»Ich habe doch gesagt, ungewöhnliche Situationen erfordern absolut ungewöhnliche Maßnahmen«, erklärte Snyder. »Die Akkuladung habe ich aus eigener Tasche spendiert. Ihr werdet sie brauchen.« Snyder machte eine Pause, so als würde er nach den richtigen Worten suchen. »Und passt auf euch auf! Auf euch selber und auch gegenseitig, hört ihr?«

»Sie machen sich ja richtig Sorgen um uns«, bemerkte Bob und grinste. »Wie rührend!«

»Fangen Sie jetzt bloß nicht auch noch an zu heulen. Das könnte ich echt nicht ertragen«, sagte Tim.

»Klappe, ihr zwei Idioten!« Hoka Hay stieg noch einmal aus dem Shuttle und gab ihrem Vater einen Kuss. Dann kletterte sie zurück auf ihren Sitz, klappte die Glaskuppel zu und drückte den Startknopf. Im nächsten Moment schoss das Shuttle in den Tunnel hinein. Das Ninja-Mädchen drehte sich nicht mehr um, aber die Jungs blickten noch einmal über ihre Schulter zurück.

Auf dem Display des S.W.A.P.-Books erschien plötzlich ein Foto von Angela Steel und darunter der Schriftzug: »Nach einem kurzen Werbeblock wird die Gesprächsverbindung aufgebaut.« Bob hielt das Tablet in die Höhe, sodass auch Hoka Hay auf dem Bildschirm den Reklamespot sehen konnte, der mit dem Versprechen »100 % zombiesicher« für Ganzkörper-Schutzanzüge aus einem dünnen Metallmischgewebe warb.

»Dass die Zentrale einen Untermieter hat, scheint sich ja schon rumgesprochen zu haben«, bemerkte Tim.

»Da hat wohl jemand ein bisschen zu viel geplaudert«, sagte Hoka und starrte die Jungs misstrauisch an.

»Wann denn, bitte schön? Bis vor einer Stunde haben wir noch geglaubt, Zombies gäbe es nur in Filmen oder Büchern«, verteidigte sich Bob.

Bevor Hoka antworten konnte, poppte auf dem Monitor ein Livebild der Chefin des S.W.A.P. auf.

Die Jungs erkannten sie aber nur an der Stimme, weil ihr Gesicht von einem Tuch verdeckt wurde.

»Zauberhaft, ganz zauberhaft, euch drei vereint im Einsatz zu sehen. Die Nachwuchsabteilung des S.W.A.P. rückt geschlossen aus, um den Zombies das Handwerk zu legen.«

»Wieso Zombies?«, fragte Hoka. »Ich dachte, es gibt nur einen.«

»Und wieso haben Sie dieses komische Tuch überm Kopf?«, fragte Bob.

»Da seid ihr leider nicht auf dem neuesten Stand. Es gibt mittlerweile schon ein paar mehr«, erklärte Angela Steel, ohne auf Bobs Frage einzugehen.

»Wie viele mehr?«, wollte Tim wissen.

»Ein paar Tausend vielleicht, wenn man alle in den letzten fünf Minuten gemeldeten Fälle weltweit zusammenrechnet«, antwortete die Chefin. »Es besteht also noch lange kein Grund zur Sorge. Noch sind wir Menschen in der Überzahl.«

Das sollte ein Scherz sein. Aber die Einzige, die darüber lachen konnte, war Angela Steel. Dabei verrutschte ihr das Tuch, sodass Hoka und die Jungs nun endlich auch das Gesicht der Chefin sehen konnten. Stirn und Wangen waren mit unzähligen roten Punkten übersät. Die Leiterin des S.W.A.P. sah aus, als hätte sie sich mit einem Schwarm Wespen angelegt.

»Sind auf Haiti auch schon welche?«, erkundigte sich Tim.

»Nicht dass ich wüsste«, antwortete Angela Steel, die sich hektisch bemühte, ihre Windpocken wieder zu verdecken.

»Das mit dem Tuch ist übrigens eine gute Idee«, bemerkte Bob. »Sonst verwechselt man Sie noch mit einem Zombie. Bei den vielen Pocken im Gesicht ...«

Diesmal war es die Chefin, die das überhaupt nicht komisch fand, während Tim und Hoka über Bobs Bemerkung lachten.

»Zauberhaft, wirklich ganz zauberhaft«, entgegnete Angela Steel beleidigt. »Ich wünsche euch jedenfalls viel Glück. Ich muss mich jetzt wieder hinlegen und ein wenig ausruhen, der Arzt hat mir jede Aufregung verboten.«

Die Chefin hatte noch nicht ganz zu Ende gesprochen, als das Videobild auf dem Display auch schon erlosch und sich der Monitor schwarz färbte.

»Das sind ja zauberhafte Aussichten«, brummte Bob. »Tausende Zombies, und minütlich werden es mehr.«

»Hast du etwa Schiss?«, fragte Hoka von vorne.

»Natürlich nicht!«, widersprach Bob. »Aber wir können die unmöglich alle besiegen mit nur einem einzigen Atomisator.«

»Müssen wir auch gar nicht«, mischte sich Tim ein, der sich schon eine Weile sein Ohrläppchen massierte. »Wir müssen nur herauskriegen, wo die plötzlich alle herkommen und wer dahintersteckt. Wenn wir das wissen, können wir sie vielleicht stoppen.«

»Super, dann sind wir ja heute Nachmittag wieder zu Hause«, bemerkte Hoka. »Gut, dass ich zwei Klugschwätzer wie euch dabeihabe. Da wäre ich allein nie drauf gekommen.«

Die Jungs sparten sich eine Erwiderung. Tim schnappte sich das S.W.A.P.-Book und studierte eine Weltkarte, die auf der internen Datenbank des S.W.A.P. hinterlegt war und auf der die aktuellen Zombie-Sichtungen verzeichnet waren. Vor allem in den USA und in China häuften sich die Fälle, aber auch in Mitteleuropa und in Russland waren schon welche aufgetaucht. In Australien, Afrika und in der Karibik dagegen schien es noch keine zu geben. Aber das war nur eine Frage der Zeit, da war er sich sicher. Tim konnte dabei zusehen, wie auf der Karte immer mehr Punkte aufblinkten, und jeder Punkt stand für einen Zombie.

Bob warf nur gelegentlich einen Blick auf den Bildschirm. Er hatte beschlossen, die Zeit zu nutzen, um sich ein bisschen auszuruhen. Das war gar nicht so einfach, weil er die ganze Zeit auf den schwarzen Pferdeschwanz von Hoka starren musste, die direkt vor ihm saß. Von hinten wirkte sie völlig entspannt. Bob nahm an, dass sie gerade irgendwelche Ninja-Meditationsübungen machte, um Kraft für ihren bevorstehenden Einsatz zu schöpfen.

Sie waren schon eine Weile unterwegs, als das Shuttle auf einmal langsamer wurde. Kurz darauf blieb es ganz stehen.

»Was ist denn los?«, fragte Tim und blickte irritiert von seinem S.W.A.P.-Book auf.

»Keine Ahnung«, erwiderte Hoka.

»Vielleicht hätte man das Teil hier doch gelegentlich mal auftanken sollen«, sagte Bob. »Ich wette, der Tank ist leer.«

»Sind wir noch weit von unserem Ziel entfernt?«, fragte Hoka nach hinten.

»Nicht mehr so weit«, antwortete Tim, der sich im S.W.A.P.-Book schnell eine Übersicht über ihre Position verschafft hatte.

»Was heißt das genau?«, wollte Hoka wissen. »Tausend Kilometer, hundert Kilometer, zehn Kilometer, ein Kilometer?«

»Es sind exakt 11.975 Meter bis zur Station in Haiti«, präzisierte Tim. »Also nur etwas mehr als zehn Kilometer.«

»Klingt doch nach einem netten Spaziergang.« Bob ließ unternehmungslustig seine Fingerknochen knacken. »Worauf warten wir noch?«

»Das Problem ist, dass wir hier nicht rauskommen«, bemerkte Tim. »In dem engen Tunnel können wir die Kuppel nicht öffnen. Wir sind eingeschlossen.«

# KAPITEL ZEHN
# ZU FUẞ NACH HAITI

Das Ninja-Mädchen kletterte als Erste aus dem Shuttle in den dunklen Tunnel. Die Jungs wischten sich die Scherben von der Kleidung und folgten ihr, indem sie über den Sitz vor ihnen stiegen.

»Vergesst eure Sachen nicht!«, sagte Hoka. »Ich will nicht, dass wir auffallen, nur weil ihr in der Karibik rumlauft, als wäre dort Herbst.«

»Und was ist mit dir?«, fragte Tim. »Fällst du in deinen schwarzen Klamotten etwa nicht auf?«

»Das ist etwas völlig anderes«, erwiderte Hoka. »Das hier ist meine Berufsbekleidung, das muss so sein. Und jetzt macht schon, wir haben noch einen ordentlichen Marsch vor uns.«

Bob kroch zurück, holte die Tüte, und dann liefen sie los. Der Tunnel war gerade so hoch, dass sie nicht den Kopf einziehen mussten. Tim schaltete das Tablet an, damit ihnen das helle Display den Weg leuchten konnte.

»Schon irgendwie unheimlich zu wissen, dass über uns der Atlantik ist«, bemerkte Bob nach einer Weile.

»In ein paar Millionen Jahren ist es da oben genauso trocken wie auf dem Fossilienfeld, auf dem wir waren«, erwiderte Tim.

»Sehr tröstlich«, entgegnete Bob. »Du meinst also, ich brauche nur ein bisschen zu warten?«

»Dann ist das Meer furchtbar leer«, verkündete Tim dramatisch.

»Oh weh, die arme See!«, reimte Bob.

»Und der Barsch ist am Arsch«, ergänzte Tim.

»Entschuldigt bitte, wenn ich euch zwei Dichter beim Dichten unterbreche. Aber da vorne ist irgendwas.«

»Wenn das wirklich ein Zombie ist, dann hätten wir den glatt über den Haufen gefahren, wenn wir nicht mit dem Shuttle liegen geblieben wären«, flüsterte Bob. »Da haben wir alle aber echt noch mal Glück gehabt.«

»Stimmt! In dem engen Tunnel und bei dem Tempo hätte der Ärmste nicht die geringste Chance gehabt, uns auszuweichen«, sagte Tim.

»Das meint ihr jetzt nicht ernst, oder?« Hoka hatte sich zu den Jungs umgedreht und starrte sie entgeistert. »Sagt, dass das bloß wieder einer von euren albernen Späßen ist!«

»Mir tun die Zombies eben leid«, erwiderte Tim.

»Mir auch«, bestätigte Bob.

»Ihr habt sie ja nicht alle«, brummte das Ninja-Mädchen und wandte sich wieder um. Das Fauchen war lauter geworden und kam jetzt direkt auf sie zu.

»Du hast eben einfach kein Herz«, sagte Bob.

»Nicht so wie wir beide.« Tim hatte noch nicht zu Ende gesprochen, da tauchte der Zombie in dem Licht des Displays vor ihnen auf. Diesmal war es kein Mann, sondern eine Frau, die in zerfetzten Kleidern auf sie zuschlurfte. Sie hatte beide Arme ausgestreckt, so als wollte sie Hoka und die Jungs an den Schultern packen und zur Begrüßung umarmen.

»Na, habt ich immer noch Mitleid?«, fragte das Ninja-Mädchen, das sicherheitshalber einen Schritt zurück machte.

»Geht so«, murmelte Bob, der ebenfalls vor dem Zombie zurückwich.

»Das war ja auch mehr so theoretisch gemeint.« Tim versuchte, den Zombie mit der Display-Beleuchtung zu blenden, damit er stehen blieb. Aber das schien ihn überhaupt nicht zu stören. Er bewegte sich einfach weiter auf sie zu wie ein aufgezogener Spielzeugroboter.

»Und was machen wir nun?«, fragte Bob.

»Hoka könnte ihn mit einem Karateschlag niederstrecken«, schlug Tim vor.

»Ich fass den doch nicht an«, erwiderte Hoka Hay.

»*Die*, nicht *den*. Das ist eine Frau, das sieht man doch«, korrigierte Bob das Ninja-Mädchen.

»*War*, nicht *ist*«, korrigierte Tim seinen Freund. »Das war eine Frau, jetzt ist sie ein Zombie.«

»Wie nennt man eigentlich weibliche Zombies? Zombinen?« Bob sah Tim fragend an.

»Zombiezicken, glaube ich. Aber ganz sicher bin ich mir auch nicht«, erwiderte Tim.

»Wisst ihr, dass ihr einem mit eurem dämlichen Geplapper tierisch auf die Nerven geht?!«, fauchte Hoka Hay. »Könnt ihr vielleicht auch mal was Vernünftiges zur Lösung der Situation beitragen?«

»Wir könnten versuchen, mit ihr zu reden«, schlug Tim vor.

»Oder wir drehen uns um und laufen einfach zurück zum Shuttle, klettern darüber auf die andere Seite des Tunnels und sind in Sicherheit. Die sieht nicht so aus, als wenn sie uns folgen könnte«, sagte Bob.

»Ja, und anschließend spazieren wir einfach die sechstausend Kilometer unter dem Atlantik entlang zurück zur Zentrale, oder was? Ihr beide seid echt eine große Hilfe! Wir machen es auf meine Weise.«

Hoka zielte mit dem Atomisator auf den Zombie, der in der engen Röhre kaum zu verfehlen war. Dann drückte das Ninja-Mädchen ab.

»Weg ist sie«, bemerkte Bob.

»Nicht weg, sie ist nur woanders«, bemerkte Tim. »Tolle Lösung, den Zombie einfach irgendwohin zu schießen! Was ist, wenn sie jetzt in irgendeinem Klassenzimmer auftaucht? Oder auf einem Spielplatz?«

»Wird sie schon nicht«, wiegelte Hoka ab. »Und jetzt kommt! Wir haben schon genug Zeit verloren und noch einiges an Weg vor uns, bevor wir endlich wieder ans Tageslicht kommen.«

Schweigend gingen die drei in der nun steil bergauf führenden Röhre hintereinander her. Hoka fragte sich, wo der Zombie wohl gelandet sein mochte. Sie hatte den Abzug ziemlich kräftig durchgedrückt, und das bedeutete, dass der Zombie ziemlich weit entfernt wieder auftauchen würde. Hoffentlich war in der Nähe keine Schule oder kein Kindergarten, denn obwohl sie auf die Vorwürfe der Jungs scheinbar unbeeindruckt reagiert hatte, war sie danach ins Grübeln geraten. Sie hatte sich Vorwürfe gemacht, und die machte sie sich immer noch.

Bob dagegen dachte auf ihrem Weg durch den Tunnel darüber nach, wie es gelingen könnte, die Zombies zu erlösen, ohne ihnen den Kopf abschlagen zu müssen oder ihnen sonst in irgendeiner Weise wehzutun. Vielleicht gab es eine Pille, mit der man den Zombies helfen konnte. Irgendein Medikament, das sie von ihrem Drang befreite, über Menschen herzufallen und sie zu zerfleischen …

einzig Tröstliche an der Situation war, dass ein einzelner Zombie allein noch keine große Gefahr zu bedeuten schien. So unbeholfen, wie er sich bewegte, war es nicht schwer, ihm auszuweichen. Richtig bedrohlich würden sie erst werden, wenn sie in Massen auftraten.

Auch Tim zerbrach sich den Kopf, während er mit dem leuchtenden Display vorneweg lief, um den Weg anzuzeigen. Er grübelte schon die ganze Zeit darüber nach, wie es dem Zombie gelungen war, in das abgeschlossene System der Shuttle-Röhren zu gelangen. Und mit einem Mal lag die Lösung direkt vor seinen Füßen.

Im Licht des Tablets tauchte am Boden des Tunnels ein Loch auf. Aufgeworfene Erde lag in einem kleinen Haufen daneben. Das Ganze sah aus wie die Schlickhäufchen, die Würmer am Strand hinterlassen, nur größer, viel größer.

»Und jetzt weiter, da vorne ist schon Licht. Das muss die Shuttle-Station sein«, sagte Hoka, und tatsächlich war am Ende des Tunnels ein bläuliches Schimmern zu erkennen.

Tim und das Ninja-Mädchen stiegen vorsichtig über das Loch. Bob folgte ihnen, aber erst, nachdem er mit Händen und Füßen die Erde zurück in das Loch geschüttet hatte.

»Was zum Henker machst du da?«, rief Tim ungeduldig.

»Hast du Angst, dass da jemand reinfällt?«, erkundigte sich Hoka.

»Ich tue das nur für den Fall, dass da noch mehr rauskriechen wollen. Man muss es ihnen ja nicht unnötig leicht machen«, erwiderte Bob.

»Ich dachte, du magst die?«, sagte Hoka.

»Mögen ist vielleicht etwas übertrieben«, erwiderte Bob. »Sie tun mir einfach leid, das ist alles.«

Das Ninja-Mädchen schnaufte abfällig, sagte aber nichts mehr, weil sie inzwischen die Shuttle-Station erreicht hatten. Die drei kletterten auf den Bahnsteig und standen vor einer hölzernen Wendeltreppe, die nach oben führte.

»Sollten wir uns nicht mal kurz bei Snyder oder der Chefin melden?«, fragte Bob.

»Der Chefin hat der Arzt jegliche Aufregung verboten, das hast du doch gehört«, sagte Tim. »Und Snyder würde bestimmt nur wieder anfangen zu heulen, wenn wir ihm erzählen, dass wir hier unten unseren ersten frei laufenden Zombie getroffen haben, während er in der Zentrale langweiligen Papierkram erledigen muss.«

»Getroffen habe den ja wohl nur ich und sonst niemand«, bemerkte Hoka und hielt den Atomisator in die Höhe. »Und jetzt zieht euch erst mal um, in den dreckigen Klamotten nehme ich euch nicht mit da rauf ins Tropenparadies.«

»Du musst dich aber umdrehen«, verlangte Bob.

»Keine Sorge! Lieber würde ich einem Zombie-Ballett zugucken als euch beim Wäschewechseln«, erwiderte Hoka und wandte sich mit dem Gesicht zur Wand, an der eine Kakerlake kopfüber hinunterkletterte. »Aber beeilt euch, der Ausblick hier ist auch nicht besonders prickelnd.«

Bob griff in die Tüte, in die ihnen Snyder ihre neuen Sachen gesteckt hatte. Darin befanden sich zwei Paar Flipflops, zwei knallbunte Shorts mit roten Ledergürteln und zwei ebenso bunte Hawaii-Hemden, die mit Palmen, Papageien und Surfern bedruckt waren.

Tim verzog das Gesicht, aber Bob zuckte nur mit den Schultern, was so viel heißen sollte wie: Was sollen wir machen? Wir haben nichts anderes, und in unseren dreckigen Wintersachen können wir schließlich kaum da raus, da hat Hoka schon recht.

»Ihr seht super aus!«, sagte das Ninja-Mädchen kichernd, als die Jungs mit dem Umziehen fertig waren und sie sich wieder hatte umdrehen dürfen. »Wie richtige Touristen! Damit fallt ihr da oben bestimmt nicht auf.«

»Und was machen wir, wenn wir oben sind? Irgendeinen Plan?«, fragte Bob.

»Wir machen es so wie immer«, erwiderte Tim. »Rausgehen und uns ein bisschen umgucken.«

»Sehr professionell«, sagte Hoka Hay und verdrehte die Augen. »Aber den Teil mit dem Umgucken können wir uns sparen, wir wissen nämlich schon, wo wir hinmüssen. Snyder hat mir die Adresse eines berühmten Voodoo-Priesters gegeben, der kann uns vielleicht weiterhelfen. Sein Name ist Baby Prince Jay Jay.«

## KAPITEL ELF
# EIN PFEIL AUS DEM ROHR

»Welche Sprache sprechen die auf Haiti eigentlich?«, fragte Bob, als er hinter Hoka und Tim die Wendeltreppe hinaufstieg.

»Haitianisch, das ist so eine Mischform aus dem Französischen und anderen Sprachen. Die ist entstanden, weil die französischen Plantagenbesitzer hier auf Haiti gern Sklaven gekauft haben, die nicht dieselben Sprachen redeten, sich also auch nicht untereinander verständigen und irgendwelche Revolten anzetteln konnten. Aber die waren ja nicht dumm, die Sklaven, die haben sich einfach ihre eigene Sprache zusammengemischt«, erklärte Tim.

»Danke schön, Professor Klugschwätzer«, erwiderte Hoka.

»Warum? War doch interessant«, verteidigte Bob seinen Freund.

»Aber für unsere Mission völlig unwichtig«, sagte Hoka. »Es ist nämlich total egal, welche Sprache da oben gesprochen wird. Wir haben schließlich die hier!«

Das Ninja-Mädchen holte die Mikrokopfhörer heraus und steckte sie sich in die Ohren. Die Jungs mussten noch einmal zurück, weil sie ihre Kopfhörer in den Taschen ihrer alten Sachen vergessen hatten. Kurz danach standen die drei direkt unter dem Ausstieg, der sie in die Millionenstadt Port au Prince bringen würde.

»Komisch, dass Snyder sich gar nicht meldet«, bemerkte Tim, der genau wie Bob nun ebenfalls Kopfhörer trug. Der Sender in den Geräten ermöglichte es nicht nur, Kontakt zur Zentrale aufzunehmen, sondern erlaubte es umgekehrt auch der Zentrale, in Verbindung mit ihren Agenten zu bleiben. Die Jungs hatten damit allerdings keine guten Erfahrungen gemacht, weil Snyder sie bei ihren bisherigen Einsätzen oft genug mit seinen Kommentaren genervt hatte. Wenn es nicht unbedingt nötig war, verzichteten Bob und Tim daher auf den Einsatz ihrer Mikrokopfhörer, wann immer es möglich war.

»Der hat bestimmt wahnsinnig viel zu tun«, entgegnete Hoka. »Als stellvertretender Chef muss er doch die ganzen Schadensmeldungen abheften, die Rechnungen bezahlen und die Urlaubsanträge genehmigen.«

»Beim S.W.A.P. kann man Urlaub nehmen?«, fragte Bob erstaunt.

»Glaubst du eigentlich alles, was man dir erzählt?«, fragte Hoka mitleidig zurück. »Aber denkt dran, ihr müsst nachher unbedingt noch die Schadensmeldung machen wegen des kaputten Shuttles.«

»Wir? Du hast die Scheibe doch zerschlagen!«, entgegnete Tim. »Aber nur, weil ihr die Kuppel nicht aufgekriegt habt und schon fast am Flennen wart«, erwiderte Hoka. »Und jetzt raus, wir sind ja nicht zum Vergnügen hier!«

»Immerhin gibt es hier wohl noch keine Zombies«, bemerkte Hoka.

»Nein, nur eine Menge ganz armer Teufel«, erwiderte Bob, der im Gegensatz zu Tim genau wusste, wie es sich anfühlte, wenn nicht genug Geld da war und man nur gerade so über die Runden kam.

Der Besuch der drei seltsamen Fremden sprach sich in den engen Gassen des Slums schnell herum. Von überall kamen Menschen, die sich um Hoka, Bob und Tim drängten. Darunter auch eine Handvoll Männer, die wenig vertrauenerweckend aussahen und das S.W.A.P.-Book, das Tim sich vor die Brust gepresst hatte, mit begehrlichen Blicken anstarrten.

»Steck das lieber ein«, flüsterte Bob. »Sonst ist es gleich weg. Wir haben ja noch den Stadtplan, den Snyder uns gegeben hat.«

»Haben wir nicht«, flüsterte Tim zurück. »Den habe ich im Shuttle liegen lassen.«

»Das ist ja mal wieder typisch«, mischte sich Hoka ein.

»Wenigstens fallen Bob und ich in unseren bunten Klamotten hier nicht auf«, sagte Tim und sah Hoka vorwurfsvoll an. »Völlig ausgeschlossen, dass die uns für reiche Touris halten, die mit viel Geld in der Tasche und einem Tablet unterm Arm durch die Gegend laufen. Wir hätten lieber die anderen Sachen anbehalten sollen, dann hätten sie uns vielleicht für verirrte Eskimos gehalten und uns geholfen.«

»Hätte, hätte, Perlenkette. Spar dir deine Witze für bessere Zeiten auf. Das hier ist ernst, vielleicht sogar todernst«, erwiderte Hoka und griff nach dem Atomisator, weil sich der Kreis der Neugierigen immer enger um sie schloss.

»Du kannst die doch nicht alle einfach so wegpusten«, zischte Bob. »Das sind doch keine Zombies!«

»Außerdem würde der Akku sowieso nicht für alle reichen«, flüsterte Tim. »Also steck das Ding wieder weg.«

Die Bewohner des Slums umringten das Ninja-Mädchen und die Jungs mittlerweile so eng, dass Bob und Tim ihren Atem in ihrem Rücken spürten. Vereinzelt griffen sogar Finger nach ihren bunten Hawaii-Hemden. Tim drückte das S.W.A.P.-Book noch fester an sich, damit es ihm nicht aus der Hand gerissen werden konnte. Bob hob drohend seine Fäuste, was aber niemanden einzuschüchtern schien.

»Kennt hier jemand vielleicht Baby Prince Jay Jay?«, rief Hoka Hay plötzlich laut. »Kann uns jemand zu ihm führen? Wir müssen ihn dringend sprechen.«

Die Menge wich sofort einen Schritt zurück ... und dann noch einen und noch einen, bis zwischen der ersten Reihe und den jungen S.W.A.P.-Agenten eine Lücke von mindestens fünf Metern klaffte.

Niemand antwortete auf Hokas Frage, aber der Ausdruck in den Blicken der Menschen hatte sich von Neugier in Angst und Furcht verwandelt.

»Hoffentlich ist das keine Falle.« Tim betrachtete misstrauisch einen abgeschlagenen Hühnerkopf, der an einem Bindfaden neben der offenen Tür hing.

»No risk, no fun«, erwiderte Bob.

»Das ist die richtige Einstellung! Also los«, sagte Hoka und betrat die Hütte.

Dem Ninja-Mädchen und den Jungs schlug ein seltsamer Geruch entgegen – eine Mischung aus Pfefferminztee und Weihrauch. Es dauerte einen Moment, bis sich ihre Augen an das Halbdunkel gewöhnt hatten. Die glaslosen Fensteröffnungen waren mit schweren Decken verhangen. Das einzige Licht im Raum stammte von ein paar trüben Kerzen und einigen verirrten Sonnenstrahlen, die durch die Tür hereinfielen. Auch in der Hütte hingen tote Hühner an der Wand, und auf einem Tisch lagen zwei Puppen, in deren Armen und Beinen spitze Nadeln steckten. Für einen Moment glaubte Tim, in einer der Puppen eine Nachbildung des Barons von Funeral zu erkennen. Aber wozu sollte die gut sein? Der Baron war tot, und das, was von ihm übrig geblieben war, schwebte für alle Ewigkeit schwerelos von einer Galaxie in die nächste. Tim und auch Bob glaubten nicht an Zauberei. Der Baron war tot, und das würde er auch bleiben.

»So eine Voodoo-Puppe von Snyder, das wär's«, flüsterte Bob. »Dann könnten wir uns rächen, wenn er uns mal wieder piesackt.«

»Hey, das ist immer noch mein Vater! Also hör auf mit dem Quatsch!« Hoka rammte Bob ihren Ellenbogen in die Seite. »Mit so was macht man keine Späße!«

»Glaubst du etwa an solch einen Humbug?«, fragte Bob.

Hoka Hay zuckte unentschlossen mit den Schultern.

»Mir wäre eine Voodoo-Puppe, die aussieht wie ein ganz bestimmtes Ninja-Mädchen, lieber«, zischte Tim.

»Das hättest du wohl gern, du ...«

Der Mann lachte. Es war ein heiseres Lachen, das nach einiger Zeit in ein kehliges Husten überging.

»Zombies? Die gibt es doch gar nicht!«, sagte der Priester, als er sich wieder beruhigt hatte. »Ein Märchen, das man Kindern erzählt, die sich weigern, brav ins Bett zu gehen.«

»Wir haben aber einen gesehen«, erwiderte Tim.

»Wir haben sogar zwei gesehen«, korrigierte Hoka. »Und das waren nicht die einzigen. Es hat sich zum Glück noch nicht rumgesprochen, aber es werden immer mehr.«

Der Mann war mit einem Schlag ganz blass geworden und tastete nach einem Glas Wasser, das auf einem Tischchen neben ihm stand.

»Unmöglich«, murmelte er und trank einen Schluck. »Das ist völlig unmöglich.«

»Es stimmt aber, ich habe sie auch gesehen«, bestätigte Bob. »Wir dachten, Sie wissen vielleicht mehr darüber und könnten uns weiterhelfen.«

»Ausgeschlossen … völlig ausgeschlossen …«, stammelte der Alte.

In dem Moment wurde Bob durch einen kleinen Lichtstrahl abgelenkt, der durch eines der Fenster fiel. Als er sich umdrehte, sah er, dass jemand von außen den Vorhang zur Seite geschoben hatte und mit einem Blasrohr auf den Voodoo-Priester zielte.

»Achtung!«, brüllte Bob, aber da war es schon zu spät.

Ein kleiner, gefiederter Pfeil schoss aus dem Ende des Rohrs, sauste einmal quer durch die Hütte und blieb dann in Baby Prince Jay Jays Oberarm stecken. Ohnmächtig sackte der Voodoo-Priester in seinem Sessel zusammen.

»Wir müssen uns den Kerl schnappen!«, brüllte Bob und sprang aus dem Fenster, hinter dem der Schütze gehockt hatte.

»Warte! Ich komme mit.« Hoka zog den Atomisator.

»Und was ist mit mir?«, rief Tim den beiden hinterher.

»Du kümmerst dich um den Priester«, rief Hoka zurück. »Du musst ihm das Gift aus dem Körper saugen. Wie bei einem Schlangenbiss. Aber sei vorsichtig und verschluck dich nicht. Das könnte lebensgefährlich für dich sein.«

Dann sprang das Ninja-Mädchen ebenfalls durch das Fenster nach draußen, und Tim blieb mit dem bewusstlosen Baby Prince Jay Jay allein in der Hütte zurück.

# KAPITEL ZWÖLF
# GETRENNTE FREUNDE

Hoka zielte mit dem Atomisator auf den flüchtenden Blasrohrschützen. Aber aus vollem Lauf heraus war es unmöglich, zu zielen, und danebenzuschießen viel zu riskant. Wenn sie den Mann verfehlte und versehentlich eine der Hütten traf, fand sich die armselige Unterkunft mitsamt ihren Bewohnern womöglich irgendwo in Sibirien wieder. Ohne Heizung, ohne Stiefel, ohne warmen Mantel. Der Schütze war jetzt auf einen kleinen Platz voller Menschen abgebogen, die dort kleinere und größere Tauschgeschäfte abwickelten. Der Einsatz des Atomisators war auch dort völlig undenkbar. Die Gefahr, Unschuldige zu treffen, war einfach zu groß. Doch es gab noch einen anderen Grund, warum Hoka zögerte, den Abzug durchzudrücken.

»Wenn ich ihn treffe, ist er weg, und wir können ihn nicht mehr fragen, für wen er arbeitet«, rief das Ninja-Mädchen Bob zu.

Der Schütze drängelte sich durch die Menge, die ihm nur unter Protest Platz machte. Dadurch verlor er an Geschwindigkeit. Aber auch Hoka und Bob kamen wegen der vielen Menschen auf dem Platz bloß langsam voran. Das Ninja-Mädchen hatte den Atomisator in ihrer Hosentasche verschwinden lassen, um keine Aufmerksamkeit zu erregen. Auf der gegenüberliegenden Seite des Platzes gingen drei Gassen ab. Der Schütze wählte die mittlere. Hoka und Bob sprinteten hinterher und waren gerade in die Gasse eingebogen, als das Ninja-Mädchen ihren Begleiter plötzlich grob zur Seite stieß.

Hoka sprang auf, weil der Blasrohrschütze nachladen musste. Als er das Ninja-Mädchen auf sich zurennen sah, machte er schnell kehrt und verschwand um eine der Ecken am Ende der Gasse. Auch Bob rappelte sich wieder auf und lief los. Mit den Flipflops an den Füßen war das gar nicht so einfach, und deswegen holte er Hoka auch erst wieder an einer Kreuzung ein, von der erneut drei schmale Gassen abzweigten. Von dem geheimnisvollen Schützen war weit und breit nichts mehr zu sehen.

»Vielleicht wäre es dann doch langsam mal Zeit für den Atomisator«, bemerkte Bob. »Der hat auf uns geschossen! Irgendwann zählt nur noch: er oder wir.«

»Ich fürchte, du hast recht«, entgegnete Hoka.

Das Ninja-Mädchen griff in die Tasche, in der sie die Waffe hatte verschwinden lassen.

»Habe ich dir vorhin den Atomisator gegeben?«, fragte sie verwirrt, weil sie ihn nirgends finden konnte.

»Das wüsste ich«, sagte Bob. »Du hast ihn eingesteckt. Eben auf dem Marktplatz. Er muss in deiner Tasche sein.«

»Ist er aber nicht! Dann hat man ihn mir im Gedränge geklaut! ★☢✲☠≋#🗡!«, schimpfte Hoka Hay. »Wir können nur hoffen, dass der Dieb das Teil für einen Akkuschrauber hält.«

»Na großartig! Da lässt sich die Super-Agentin ihre supergeheime Super-Waffe klauen! Wirklich ganz prima!«, lästerte Bob.

»Ihr habt euren auch mal verloren, schon vergessen?«, erwiderte Hoka gereizt. »Also beruhig dich wieder!«

»Sollen wir zurück und uns das Ding wiederholen?«, fragte Bob, der sich nur zu gut daran erinnerte, wie er und Tim den Atomisator mal auf einer Mauer hatten liegen lassen.

»Der Taschendieb ist mit seiner Beute doch längst über alle Berge. Außerdem haben wir auch so schon genug Zeit verloren. Wir müssen unbedingt diesen Typen mit seinem Blasrohr finden. Das war doch alles kein Zufall, dass der genau dann auftaucht, wenn wir hier aufkreuzen.«

»Und wie sollen wir den finden?«, fragte Bob. »Der ist doch auch längst über alle Berge.«

»Du nimmst den Weg rechts, ich den links«, antwortete Hoka. »Wir treffen uns später bei Tim und dem Voodoo-Priester wieder. Einverstanden?«

»Ganz und gar nicht«, widersprach Bob. »Du nimmst den rechten und ich den linken.«

»Warum?«, wollte Hoka wissen.

»Weil ich es satthabe, dass du uns ständig Befehle gibst. Du bist hier nicht der Bestimmer!«

»Kindergarten«, murmelte Hoka und schüttelte den Kopf. »Aber meinetwegen, wenn es dich glücklich macht ...«

Tim hatte in der Zwischenzeit große Mühe, den Pfeil aus dem Oberarm des alten Mannes zu entfernen. An der Spitze befanden sich winzige Widerhaken, die sich hartnäckig gegen alle Versuche sträubten, den Pfeil einfach herauszuziehen. Als es ihm endlich gelungen war, atmete Tim einmal tief durch. Was jetzt kam, war unangenehm und eklig, aber leider unbedingt notwendig, um das Leben von Baby Prince Jay Jay zu retten.

Tim presste seinen Mund auf das winzige rote Mal, das der Pfeil in der Haut hinterlassen hatte. Er versuchte, möglichst viel von dem Gift aus dem Körper des Priesters zu saugen. Gleichzeitig beobachtete Tim besorgt den Brustkorb des Alten, der sich nur noch unregelmäßig hob und senkte. Der Atem des Mannes wurde immer schwächer. Um das festzustellen, brauchte Tim gar nicht erst den Puls zu fühlen. Vielleicht gab es hier in der Hütte, auf deren Regalen unzählige fein zerriebene Pülverchen und unbestimmbare Flüssigkeiten in braunen Gläsern herumstanden, sogar ein Gegengift, das Tim dem Priester einfach nur hätte einträufeln müssen, um ihn zu heilen. Aber da er sich nicht auskannte und Baby Prince Jay Jay ganz offensichtlich nicht in der Lage war, ihm einen Tipp zu geben, blieb Tim gar nichts anderes übrig, als weiter das Gift aus dem schlaffen Fleisch zu saugen. Immer, wenn er Luft holen musste, nutzte er die Unterbrechung, um es neben sich auf den Boden zu spucken. Aus den Augenwinkeln sah er eine Schabe, die sich der Pfütze auf dem Boden neugierig näherte. Sie streckte ihre Fühler vor und untersuchte die Flüssigkeit. Im selben Augenblick durchlief ein heftiges Zittern das kleine Insekt, und im nächsten Moment streckte es auch schon alle sechs Beine von sich.

Im Gegensatz zu der Schabe schien sich der Voodoo-Priester langsam zu erholen. Sein Atem wurde kräftiger, und auch seine Haut, die sich durch die Vergiftung bereits gelblichgrün verfärbt hatte, rötete sich wieder. Tim saugte noch drei Mal, schmeckte aber mittlerweile nicht mehr den bitteren Geschmack vom Anfang im Mund.

Kurz darauf schlug Baby Prince Jay Jay die Augen auf und blickte Tim verwundert an.

Tim sagte nichts, sondern deutete auf die Pfütze und die tote Schabe, die danebenlag.

»Verstehe«, wiederholte der Alte. »Aber wart ihr nicht zu dritt?«

»Die beiden anderen verfolgen den Blasrohrschützen«, erklärte Tim.

»Hoffentlich sind sie vorsichtig.« Baby Prince Jay Jay erhob sich mühsam und ließ sich dann schwerfällig auf seinen Sessel fallen.

»Keine Sorge, die beiden sind Profis.«

»Diese Kinder?!«, rief der Alte aus und lachte bitter.

»Glauben Sie mir, die wissen, was sie tun«, erklärte Tim.

»Mag sein, mag auch nicht sein«, entgegnete Baby Prince Jay Jay. »Ich denke, ich bin dir einen Gefallen schuldig. Was willst du? Eine Voodoo-Puppe deines ärgsten Feindes? Ein Pulver, das dich unsichtbar macht? Dazu kann ich dir aber nicht wirklich raten, das funktioniert nur in der Dunkelheit. Oder möchtest du lieber einen Liebestrank? Die Kleine, die euch begleitet hat, sah doch ganz süß aus.«

Tim zögerte einen Moment. Die Vorstellung war reizvoll, Bob durch einen Liebestrank bei Hoka endgültig ausstechen zu können. Aber einerseits glaubte er nicht an solchen Hokuspokus, und andererseits war Tim fest davon überzeugt, dass sich das Ninja-Mädchen sowieso irgendwann für ihn entscheiden würde.

»Nein danke«, lehnte Tim das Angebot des Alten ab. »Erzählen Sie mir lieber alles, was Sie über Zombies wissen. Vor allem, wo die plötzlich alle herkommen und wer dahinterstecken könnte.«

»Willst du nicht doch lieber eine Voodoo-Puppe? Die Nadeln gebe ich dir gratis dazu«, schlug der Priester vor.

»Sehr großzügig«, erwiderte Tim freundlich. »Aber ich habe Ihnen doch schon gesagt, was ich wissen will.«

Der Alte seufzte einmal tief, bevor er zu reden begann.

»Da gibt es nicht viel zu erzählen, was du nicht schon aus Filmen und Büchern weißt. Zombies sind Tote, die nicht tot sind, weil auf ihnen ein Fluch liegt. So war das wenigstens in den guten alten Zeiten. Neuerdings soll es aber auch Seuchen geben, die die Gehirne der Menschen in Vanillepudding verwandeln und sie so zu Zombies machen. Ob auf die traditionelle oder die moderne Weise, gefährlich sind die Untoten alle.«

»Aber wieso gibt es plötzlich so viele von ihnen?«, wollte Tim wissen.

»Keine Ahnung«, erwiderte Baby Prince Jay Jay.

»Sie verschweigen mir doch was«, drängte Tim. »Ich habe Ihnen das Leben gerettet, schon vergessen?!«

Der Alte zögerte, bevor er Tim antwortete.

»Es gibt auf der ganzen Welt nur einen einzigen Zombie-Meister, der die Macht und das Wissen dazu hätte, die Untoten heraufzubeschwören.«

»Wer ist es? Und wo finde ich ihn?«, fragte Tim.

»Wenn ich es dir sage, dann nur, weil du mir das Leben gerettet hast«, sagte der Priester. »Auch wenn es danach nichts mehr wert sein wird, denn wenn der Meister herausfindet, dass ich dir seinen Namen genannt habe, wird er mich zerquetschen, so wie ich dieses Insekt zerquetsche.« Der Alte hob seinen Fuß, trat auf die tote Schabe und wischte mit der Sohle über den Boden.

»So schlimm wird es schon nicht sein«, versuchte Tim den Priester zu beruhigen.

»Du hast ja keine Ahnung«, erwiderte der Alte. »Der Name lautet …«

Klar doch, deswegen sind wir ja hier.

# KAPITEL DREIZEHN WO IST HOKA?

»Was denn für ein Zombie-Meister?«, wollte Bob wissen. »Ich dachte, er da wäre der Zombie-Meister.«

»Nein, da gibt es wohl einen, der noch mächtiger ist als er«, klärte Tim seinen Freund auf. »Erzähl ich dir später.«

»Nicht mächtiger! Niemand ist mächtiger als ich«, fuhr der Voodoo-Priester Tim an.

»Sie haben gesagt, er könne Sie zerquetschen wie eine Kakerlake«, bemerkte Tim unbeeindruckt.

»Wenn du mir nicht das Leben gerettet hättest, würde ich dich jetzt zerquetschen«, drohte der Alte gereizt.

»Regen Sie sich nicht so auf, das ist gar nicht gesund in Ihrem Alter«, versuchte Bob ihn zu beruhigen.

»Spucken Sie einfach aus, wie dieser mächti... äh, dieser andere Zombie-Meister heißt und wo wir ihn finden«, sagte Tim. »Dann sind Sie uns auch schon wieder los.«

»Der Meister nennt sich ...«, Baby Prince Jay Jay machte eine theatralische Pause, um die Spannung zu erhöhen, bevor er schließlich flüsternd den Name preisgab, »... Mau Ze Tot.«

»Klingt aber nicht besonders karibisch«, erwiderte Tim.

»Er stammt aus China und hat hier auf Haiti bei mir die schwarze Magie erlernt«, sagte der Priester. »Ihr findet ihn in der Stadt Badaling im Schatten der Chinesischen Mauer.«

Bob und Tim duckten sich schnell, sodass das tote Huhn gegen die Wand hinter ihnen krachte und eine der Kerzen umriss, die überall herumstanden.

»Na ja, Haus ist vielleicht etwas übertrieben, finden Sie nicht?«, bemerkte Bob, als er sich wieder aufrichtete.

»Aber Hauptsache ist ja, Sie fühlen sich hier wohl«, sagte Tim und zog Bob am Ärmel zur Tür hinaus. »Und passen Sie gut auf sich auf, ich bin nicht immer da, um Ihnen tödliches Pfeilgift aus den Adern zu saugen.«

»Und das mit dem offenen Feuer ist auch keine gute Idee«, bemerkte Bob und zeigte auf einen der schwarzen Vorhänge, den die umgestürzte Kerze in Brand gesetzt hatte.

Die Flüche des Voodoo-Priesters, der aufgesprungen war, um die Flammen zu löschen, waren auch draußen auf der Gasse noch gut zu verstehen.

»So ein undankbarer Scharlatan«, brummte Bob. »Da retten wir ihm das Leben, und dann beschimpft er uns auch noch, statt den Typen zu verfluchen, der mit dem Blasrohr auf ihn geschossen hat. Leute gibt's!«

»Ist dir aufgefallen, dass er überhaupt nicht wissen wollte, wer ihn umbringen wollte und warum?«, wunderte sich Tim.

»Vielleicht arbeitet er auch für den S.W.A.P.«, erwiderte Bob. »Da ist er es gewohnt, dass ständig irgendjemand auf ihn schießt. Apropos S.W.A.P., wir sollten mal die Zentrale anfunken, vielleicht hat sich Hoka bei Snyder gemeldet.«

»Du machst dir doch nicht etwa Sorgen um sie?« Tim stieß Bob in die Seite und grinste.

»Ich? Ich doch nicht! Wie kommst du denn darauf?«, entgegnete Bob entrüstet. »Ich mag es nur nicht, wenn jemand einfach so verschwindet, ohne sich ordentlich zu verabschieden.«

»Wir müssen uns sowieso in der Zentrale melden, weil wir dringend ein Shuttle brauchen, das uns flott nach China bringt«, sagte Tim. »Und von mir aus können wir dabei gerne auch mal nachhören, wo Hoka steckt.«

»Gib schon zu, dass du dir auch Sorgen um sie machst.« Jetzt war es Bob, der grinste.

»Nicht im Geringsten. Ich verbinde nur das Notwendige mit dem Praktischen. Das würde jeder tun«, entgegnete Tim.

»Schon klar.« Bob grinste noch breiter.

Tim ignorierte die Bemerkung seines Freundes und versuchte über die Mikrokopfhörer Kontakt mit der Zentrale aufzunehmen. »Hier sind S.W.A.P. 0098 und S.W.A.P. 0099. Irgendjemand zu Hause?«

Es dauerte eine Weile, bevor sich S.W.A.P. 0815 am anderen Ende der Leitung meldete.

»Hallo, ihr zwei, wie geht es euch? Mission erfüllt?«, erkundigte sich Otto.

»Schön wär's«, brummte Tim. »Wir brauchen ein Shuttle nach China.«

»Null Problemo«, erwiderte Otto. »Ich schicke euch eins rüber.«

»Da gibt es allerdings ein klitzekleines Problemo«, mischte Bob sich in das Gespräch ein. »Die Shuttle-Röhre ist unbenutzbar. Da steht noch eine Kapsel mit zersplitterter Kuppelscheibe rum und verstopft den Tunnel.«

»Das war doch nicht etwa eure Schuld, oder?« Ottos Stimme klang besorgt.

»Das war nur, weil ...«, begann Bob, doch ehe er weitersprechen konnte, wurde er von Tim unterbrochen. »... weil da plötzlich dieser Zombie vor uns aufgetaucht ist. Wir konnten nicht mehr bremsen, und da ist er ... BUMM gegen die Scheiben des Shuttles geknallt.«

Über die Kopfhörer konnten die Jungs hören, wie S.W.A.P. 0815 erleichtert durchatmete.

»Da bin ich aber beruhigt. Ich dachte schon, ihr wärt mit einem leeren Tank liegen geblieben und hättet die Scheibe selber eingeschlagen, um aus dem Shuttle auszusteigen. Das hätte die Zombie-Versicherung bestimmt nicht gezahlt.«

»Was denn für eine Zombie-Versicherung?«, fragte Bob.

»Das war Snyders Idee. Er hat eine Versicherung abgeschlossen für alle Schadensfälle, die von Zombies verursacht werden. Die Versicherungsleute haben sich halb totgelacht«, erklärte Otto. »Die wussten da ja noch nichts von den Untoten, die jetzt überall auftauchen.«

»Sind es denn noch mehr geworden?«, erkundigte sich Tim.

»Ja, aber bisher fallen sie nicht weiter auf«, beschwichtigte Otto. »Die glotzen so blöd in die Gegend, dass man denkt, die Typen hätten einfach nur zu lang vorm Fernseher gehockt. Noch haben sie ja auch niemanden gebissen.«

»Warum nicht?«, wollte Tim wissen.

»Woher soll ich das wissen?! Du bist hier doch unser *Big Brain*! Ich bin nur ein einfacher Angestellter«, antwortete Otto. »Kann ich sonst noch was für euch tun?«

»Ja, uns sagen, wo Hoka steckt!« Bob und Tim hatten gleichzeitig gesprochen und sahen sich überrascht an.

»Ich dachte, die ist bei euch?«, erwiderte Otto mindestens genauso überrascht.

»War sie auch, aber wir haben uns getrennt, und jetzt ist sie verschwunden«, erklärte Bob.

»Vielleicht hat Snyder was von ihr gehört. Können wir ihn sprechen?«, erkundigte sich Tim.

»Das passt gerade ganz schlecht«, wiegelte Otto ab. »Der arbeitet sich durch die Schadensmeldungen der letzten zwei Jahre. Die hatte die Chefin einfach in irgendeine Schublade gestopft, und ihr kennt doch Snyder. Wenn der etwas macht, dann macht er es gründlich. Aber wegen Hoka braucht ihr euch keine Sorgen zu machen. Auf der ganzen Welt gibt es niemanden, um den ich mir weniger Sorgen machen würde als um die Kleine.«



»Hoffen wir mal, dass du recht hast«, murmelte Bob.

Während ihres Gesprächs mit S.W.A.P. 0815 hatten sich die Jungs ein wenig von der Hütte des Voodoo-Priesters entfernt. Die Flammen hatten mittlerweile das ganze armselige Gebäude erfasst und drohten auch die Hütten links und rechts in Brand zu stecken. Von überall kamen Männer mit löchrigen Wassereimern, um das Feuer zu löschen. Sie bildeten eine Menschenkette, die von einem leckenden Wasserrohr am Ende der Gasse bis zu der brennenden Hütte des Priesters reichte. Viel Wasser kam dort nicht an, aber es war das Einzige, was die Bewohner des Slums hatten, um das Feuer zu bekämpfen. Die Frauen des Viertels flehten Baby Prince Jay Jay verzweifelt an, den Brand mit einem Fluch oder einem Zauber zu löschen. Sie hatten Angst, dass die Flammen auch ihre eigenen Hütten zerstören würden. Doch der Priester, der seine brennende Behausung längst verlassen hatte und immer wieder wütend zu den beiden Jungs hinüberstarrte, schüttelte nur unwillig den Kopf und trieb die Männer mit den Wassereimern zur Eile an. Bob hatte sich längst in die Menschenkette, in der die Eimer weitergereicht wurden, eingereiht, während Tim sein Ohrläppchen massierte und sich die Konstruktion der Hütten genauer anschaute. Er war sich ziemlich sicher, dass es hier in der Gegend keine Feuerwehr gab, die gleich mit Tatütata und einem Löschwagen anrücken würde. Deswegen suchte er nach einer anderen Lösung, um zu verhindern, dass der gesamte Slum abbrannte und die Menschen alles verloren, was sie besaßen. Die dünnen Blechwände der Hütten waren durch Metallschrauben verbunden. Mit einem geeigneten Werkzeug waren sie leicht voneinander zu lösen. Tims Plan war es, die Gebäude rund um die brennende Hütte des Priesters abzubauen, um so das Feuer daran zu hindern, sich weiter im Viertel auszubreiten.

»Hat hier jemand vielleicht einen Schraubenschlüssel oder einen Akkuschrauber?«, brüllte Tim in die aufgeregte Menge. »Wenn wir die Hütten rechts und links abbauen, können wir das Feuer eindämmen.«

Die meisten der Helfer aus dem Viertel verstanden sofort, was Tim vorhatte. Sie ließen die Eimer fallen und machten sich schnell an die Arbeit. Während die Frauen in aller Eile die benachbarten Hütten leer räumten, um das Nötigste zu retten, begannen die Männer mit dem Abbau. Doch ohne das richtige Werkzeug dauerte die Arbeit viel zu lange. Das Feuer hatte mittlerweile schon auf die Hütten übergegriffen, als einer der Männer aus seiner Hosentasche tatsächlich einen Akkuschrauber zog und ihn stolz in die Höhe hielt.

# KAPITEL VIERZEHN ZURÜCK ZUM SHUTTLE

Während die Menge und Baby Prince Jay Jay ihrem vermeintlichen Retter zujubelten, zischte Tim: »Worauf wartest du noch?«

»Darauf, dass du dich genauer ausdrückst! Wen soll ich mir schnappen? Den Dieb oder die Waffe?«, fragte Bob.

»Den Atomisator natürlich! Noch hat der Kerl zum Glück nicht gemerkt, was ihm da in die Hände gefallen ist! Je eher du ihm das Ding abnimmst, desto besser. Sonst richtet der hier noch eine Katastrophe an.«

»Vielleicht haben die Leute Glück, und er schießt sie mit dem Atomisator direkt an den Pool eines Luxushotels«, überlegte Bob laut. »Da ginge es ihnen bestimmt besser als hier.«

»Ja, falls die Armen nicht zufällig direkt im Pool landen und ertrinken. Ich wette, von denen kann keiner schwimmen. Und jetzt mach endlich!«

»Du und Hoka – immer nur rumkommandieren. Das ist das Einzige, was ihr könnt. Das geht mir so was von auf den Zeiger«, brummte Bob.

Dann ließ er seine Fingerknochen knacken und stürzte sich auf den Dieb, um ihm den Atomisator aus der Hand zu reißen.

Erschrocken wichen die Menschen ein paar Schritte zurück und starrten auf die Stelle, an der es eben noch gebrannt hatte. Es dauerte einen Moment, bis sie das plötzliche Verschwinden der Hütte wirklich begriffen hatten und sich zu Baby Prince Jay Jay umdrehten. Einige der Menschen warfen sich vor ihm auf den Boden, andere versuchten, seine Hände zu küssen, und brüllten dabei in einem fort: »Er hat unser Viertel gerettet! Was für ein mächtiger und großer Magier!«

Der alte Voodoo-Priester schaute irritiert von der Lücke, die seine atomisierte Hütte in der Gasse hinterlassen hatte, zu den Jungs. Bob, der immer noch auf dem Boden lag, nutzte die Verwirrung, um sich aus der Umklammerung des Diebes zu lösen. Der war viel zu verblüfft, um noch Widerstand zu leisten, weil er sich genau wie alle anderen nicht erklären konnte, was da gerade geschehen war. Mit der Waffe in der Hand sprang Bob wieder auf die Beine und lief zu Tim, der am Rande der aufgeregten Menge schon auf ihn wartete.

»Wenn das Absicht war, war das gar nicht so schlecht«, begrüßte Tim seinen Freund. »Aber wahrscheinlich war es nur ein glücklicher Zufall, dass du die Hütte getroffen hast. Habe ich recht, oder habe ich recht?«

»Klar war das Absicht! Was denkst du denn?!«, erwiderte Bob beleidigt und zeigte auf Baby Prince Jay Jay, der von immer mehr Menschen umringt wurde. Einige waren in ihre Hütten gelaufen, um Geschenke zu holen, die sie dem Priester nun vor die Füße legten, um so ihren Dank und ihre Verehrung auszudrücken.

»Was machen die denn da?«, fragte Bob.

»Die Leute glauben, dass er seine brennende Hütte mit einem einfachen Simsalabim mal eben so weggezaubert hat, um ihr Viertel zu retten«, erklärte Tim. »Ist ja auch kein Wunder, wenn die einen Akkuschrauber nicht von einem Atomisator unterscheiden können.«

»Scheint unserem Baby-Prinzen aber gut zu gefallen«, erwiderte Bob. Der Voodoo-Priester hatte sich von seinem ersten Schreck erholt und genoss jetzt die Bewunderung, die die Slumbewohner ihm entgegenbrachten.

»Ist doch klar! Bis gerade eben noch war der Kerl ein durchschnittlicher Voodoo-Puppenbastler, und mit einem Mal ist er ein großer und mächtiger Magier. Der wird den Teufel tun und zugeben, dass er mit dem Verschwinden überhaupt nichts zu tun hat«, erklärte Tim und deutete auf die Waffe in Bobs Hand. »Lass uns verschwinden, wir haben den Atomisator zurück, und wir wissen, wo wir als Nächstes hinmüssen. Was sollen wir also noch hier?«

»Und was ist mit Hoka?«, fragte Bob.

Tim zögerte einen Moment, so als hätte ihn dieselbe Frage auch schon beschäftigt.

»Wenn sie wirklich hätte zurückkommen wollen, wäre sie längst hier. Wir können nicht ewig auf sie warten. Vielleicht hat sie den Schützen geschnappt, und der hat sie auf eine neue Spur gebracht. Du weißt doch, dass Hoka nicht gerade ein Teamplayer ist.«

Bob nickte.

»Und außerdem hat Otto doch auch gesagt, dass wir uns um Hoka keine Sorgen machen müssen. Die kann sehr gut auf sich allein aufpassen«, fuhr Tim fort.

Bob kannte seinen Freund lange genug, um heraushören zu können, dass Tim selbst nicht völlig überzeugt war von dem, was er sagte.

»Aber sie hat keine Waffe mehr.« Bob hielt den Atomisator in die Höhe.

»Den braucht sie doch auch gar nicht«, entgegnete Tim und bemühte sich dabei erneut, möglichst überzeugend zu klingen. »Hoka kann Karate, Judo, Taekwondo, Jiu-Jitsu und eine Menge anderer Kampfsportarten, von denen du und ich noch nicht einmal wissen, dass es sie gibt. Außerdem kann sie treten, beißen und kratzen, so wie alle Mädchen. Die Kleine ist schlagkräftiger als eine voll einsatzfähige Spezialeinheit.«

»Wahrscheinlich hast du recht«, bestätigte Bob, obwohl auch er nicht wirklich daran glaubte. »Hoka ist schließlich mit allen Wassern gewaschen. Wahrscheinlich ist sie längst an der Chinesischen Mauer, während wir hier hocken und dabei zusehen, wie sich dieser Scharlatan als Held feiern lässt.«

»Sag ich doch! Und jetzt lass uns endlich abhauen«, erwiderte Tim und schlug seinem Freund aufmunternd auf die Schulter. »Hier bleibt für uns eh nichts mehr zu tun.«

Niemand bemerkte, wie Bob und Tim sich durch eine der engen Gassen davonmachten. Die Menschen waren immer noch viel zu sehr damit beschäftigt, ihrem Retter zu huldigen, und der hatte alle Hände voll damit zu tun, ihre Huldigungen entgegenzunehmen.

Die Jungs überließen den Voodoo-Priester seinen Verehrern und suchten sich ihren Weg zur Shuttle-Station. Sie hatten sich bereits drei Mal verlaufen. Tim starrte konzentriert auf das S.W.A.P.-Book in seiner Hand, das ihm jedoch keine große Hilfe war. Der Slum wuchs ständig, und es kamen so schnell neue Hütten, Straßen und Gassen hinzu, dass auch das beste Computersystem völlig überfordert war, die Karte auf dem aktuellsten Stand zu halten. Es war auch niemand da, den sie hätten fragen können. Die Nachricht von dem »Wunder der verschwundenen Hütte« hatte sich rasend schnell verbreitet, und fast sämtliche Bewohner waren dorthin geeilt, um mit eigenen Augen zu sehen, dass die Hütte des Priesters nicht mehr zu sehen war.

»Wenn man hier einmal mit hundert geladenen Atomisatoren durchmarschieren würde, könnte man den ganzen Slum mit allen seinen Bewohnern in eine bessere Gegend katapultieren. Irgendwohin, wo die Leute vielleicht auch Arbeit finden und nicht in so armseligen Hütten leben müssten«, erklärte Bob. »Das wäre doch eine gute Sache, oder?«

»Super Idee«, erwiderte Tim, der jetzt stehen geblieben war und sich noch tiefer über das S.W.A.P.-Book beugte. »Ich werde dich für den Friedensnobelpreis vorschlagen. Aber erst, wenn ich den Einstieg zu dieser blöden Shuttle-Station gefunden habe. Du hast nicht zufällig eine Ahnung, wo der sein könnte?«

»Meinst du den da?« Bob zeigte auf die Flipflops seines Freundes.

Tim schaute auf den Boden und bemerkte erst jetzt, dass er mit beiden Füßen auf demselben Kanaldeckel stand, durch den Hoka, Bob und er vor knapp einer Stunde herausgestiegen waren.

»Warum sagst du das nicht gleich?«, fragte Tim sauer.

»Weil du nicht früher gefragt hast. Woher sollte ich denn wissen, dass Mister *Big Brain* mal wieder nicht die geringste Ahnung hat, wo es langgeht«, erwiderte Bob. »Und jetzt mach mal ein bisschen Platz, damit ich den Einstieg zur Shuttle-Station öffnen kann.«

Tim trat grummelnd einen Schritt zur Seite, und Bob kniete sich hin, um den Deckel zu öffnen. Er ließ seinem Freund den Vortritt. Dann folgte er Tim in den Schacht und verschloss ihn wieder ordentlich hinter sich. Die Jungs liefen die Wendeltreppe hinunter, bis sie vor dem Shuttle standen, das Otto wie versprochen in der Station für sie bereitgestellt hatte.

»Hoffentlich ist es diesmal vollgetankt«, bemerkte Bob, als er auf den Vordersitz kletterte. »Ich habe keine große Lust, nach China laufen zu müssen.«

»Das würde dir auch schwerfallen«, sagte Tim, der schon auf dem Rücksitz Platz genommen hatte und ein paar Daten in das S.W.A.P.-Book eingab. »Luftlinie sind das etwa 13.000 Kilometer. Angenommen, wir bleiben auf halber Strecke liegen, sind das immer noch 6.500 Kilometer. Weiter angenommen, wir schaffen am Tag 30 Kilometer zu Fuß, dann bräuchten wir für die Strecke 325 Tage, und das würde bedeuten, wir wären gute 11 Monate unterwegs. Aber auch das nur, wenn wir hier unten nicht noch ein paar Zombies begegnen, die uns aufhalten.«

# KAPITEL FÜNFZEHN
# AUF DER MAUER AUF DER LAUER

»Ist doch eigentlich toll, wie wir mit dem S.W.A.P. in der Welt rumkommen«, bemerkte Bob, nachdem sie schon eine Weile unterwegs waren. »Mit meinen Eltern wäre ich nie in den Urlaub nach China gefahren.«

»Das hier ist kein Urlaub«, korrigierte Tim gähnend. Er war müde und hatte keine Lust, sich zu unterhalten. Er wollte die Zeit nutzen, um ein wenig zu schlafen, weil er befürchtete, dass es wahrscheinlich für lange Zeit die letzte Gelegenheit dazu war.

»Du weißt schon, was ich meine«, entgegnete Bob, der viel zu aufgedreht war, um auch nur ein Auge zuzumachen. »So eine Reise hätten die sich niemals leisten können.«

»Meine schon«, brummte Tim. »Wir waren sogar mal an der Chinesischen Mauer. Allerdings sind wir da erster Klasse geflogen. Das war deutlich bequemer als in dieser Sardinenbüchse.«

»Wusstet du eigentlich, dass wir die Chinesische Mauer sogar aus dem Weltall hätten sehen können? Neulich, bei unserem letzten Auftrag für den S.W.A.P.«

»Hätten wir nicht«, widersprach Tim, der von Bobs Mitteilungsdrang zunehmend genervt war.

»Klar hätten wir«, erwiderte Bob. »Das habe ich mal gelesen!«

»Es stimmt aber nicht«, entgegnete Tim. »Und das wird auch nicht wahrer, wenn man es ständig wiederholt. Das ist genauso ein Blödsinn wie die Sache mit der Schokolade und den Pickeln. Die Chinesen haben sogar extra ihre Schulbücher umschreiben lassen.«

»Weil Schokolade keine Pickel macht?«, fragte Bob erstaunt.

»Nein, wegen der Chinesischen Mauer natürlich! Das haben sie in den Büchern geändert, nachdem sie einen eigenen Astronauten in den Weltraum geschickt hatten, der die Mauer auch nicht sehen konnte. Und jetzt tu mir einen Gefallen und lass mich endlich schlafen.« Tim versuchte auf seinem Sitz eine Position zu finden, in der er den Rest der Fahrt halbwegs bequem ein wenig ausruhen konnte.

Bob machte es sich ebenfalls gemütlich.

»Sollen wir uns noch mal bei Snyder melden?«

»Warum?«, murmelte Tim, der schon fast eingenickt war.

»Wegen Hoka natürlich«, sagte Bob.

»Ich wette, die hat in der Zwischenzeit bereits Hunderte von Zombies niedergemacht«, murmelte Tim. »Und jetzt schlaf endlich, das würde ich nämlich auch gern tun.«

Den Rest der Reise sprachen die Jungs kein Wort mehr. Schlafen konnten sie trotzdem nicht. Zu viele Fragen gingen ihnen durch den Kopf: Wo kamen plötzlich all die Zombies her? Steckte dieser Mau Ze Tot wirklich dahinter, oder war das nur eine Falle von Baby Prince Jay Jay? Wer war der Mann gewesen, der auf den Voodoo-Priester geschossen hatte, und warum hatte er es getan? Wieso hatte man sie auf dem Fossilienacker verfolgt? Ging es der Chefin wieder besser? Was war aus den finnischen Zwillingen geworden, die die Jungs bisher bei ihren Einsätzen zu Hause vertreten hatten? Hatte Snyder inzwischen alle Schadensmeldungen bearbeitet und stand nun endlich wieder bereit für wichtigere Aufgaben? Schlug Ottos vegetarische Diät bei dem Zombie im Keller der Zentrale an? Und immer wieder: Wo war Hoka?

Auf alle diese vielen Fragen hatten die Jungs noch keine einzige Antwort gefunden, als ihr Shuttle plötzlich merklich langsamer wurde.

Tim richtete sich in seinem Sitz wieder auf und starrte in die dunkle Röhre vor ihm.

»Was glaubst du? Sind wir schon da, oder ist nur wieder der Sprit alle?«, fragte Bob.

»Wir sind wohl schon da«, antwortete Tim und deutete nach vorne, wo in der Ferne das blaue Licht einer Shuttle-Station zu erkennen war. Ein paar Sekunden später kam ihre Kapsel zum Stehen, und Bob klappte die Glaskuppel auf, damit sie aussteigen konnten.

Bist du sicher, dass wir hier in China sind? Für mich sieht das hier wie die Folterkammer in einer alten Ritterburg aus.
Fehlen nur noch die Skelette von vergessenen Gefangenen an den Wänden.
Wo wir genau sind, wissen wir erst, wenn wir da hochklettern.
Also lautet dein genialer Plan wohl wieder: Rausgehen und ein bisschen umgucken?
Wow! Wie hast du das nur erraten?

»War nicht so wahnsinnig schwer. Aber diesmal gehst du vor! Die Sprossen an der Leiter sehen nicht besonders vertrauenerweckend aus.«

»Schisser!«, war alles, was Tim dazu sagte, während er sich an den Aufstieg machte. Als er auf der Hälfte war, schaute er noch einmal nach unten. »Bei meinem Federgewicht ist das kein Problem, aber ich bin nicht sicher, ob die Leiter dich Fettkloß auch aushält. Also sei bitte vorsichtig.«

»Das sind alles nur Muskeln, du Schreibtischhocker. Pass nur auf, ich komm dir gleich hinterher!«

»Darum will ich auch sehr bitten. Ich habe nämlich keine Lust, diesen Mau Ze Tot alleine suchen zu gehen.«

Tim hatte mittlerweile die Falltür erreicht und hob sie vorsichtig einen Spalt an. Er linste nach draußen, dann drehte er sich zu Bob um. »Beeil dich ein bisschen, es lohnt sich.«

»Würde ich ja gern, ist aber gar nicht so leicht mit den blöden Flipflops an den Füßen«, entgegnete Bob, der immer wieder mit den Zehen an einer der Sprossen hängen blieb.

Als er endlich bei seinem Freund am Ende der Leiter angekommen war, öffnete Tim die Falltür so weit, dass sie beide hinausklettern konnten.

»Bist du sicher, dass man die nicht doch vom All aus sehen kann?«, fragte Bob. »So riesig, wie die ist.«

»Ganz sicher«, erwiderte Tim. »Obwohl die Mauer wirklich größer ist, als ich sie in Erinnerung hatte.«

»Vielleicht warst du mit deinen Eltern gar nicht an der Chinesischen, sondern nur an der Berliner Mauer.«

»Sehr witzig, wirklich sehr witzig. Die gab es doch gar nicht mehr, als wir beide geboren wurden.«

Die Jungs waren vor einem der fünfundzwanzigtausend Türme herausgekommen, mit denen die Chinesische Mauer vor rund fünfhundert Jahren verteidigt worden war. Die Straße, die vor ihnen lag, war also keine gewöhnliche Straße, sondern befand sich genau auf der Mauer, die – so schätzte Tim – an dieser Stelle eine Höhe von sechs bis acht Metern besaß.

»Meinst du, das dort drüben sind auch alles Zombies? Guck mal, wie die alle gucken«, fragte Bob und zeigte auf die vielen Menschen, die sich auf der Mauer tummelten.

»Nein, das sind Touristen, die glotzen nur genauso blöd wie Zombies«, entgegnete Tim, und tatsächlich starrten die vielen Menschen um sie herum stumpfsinnig auf ihre Smartphones, um Informationen über das gewaltige Bauwerk abzurufen, anstatt den Anblick einfach zu genießen. Deswegen war es auch niemandem aufgefallen, dass die Jungs aus der Falltür geklettert waren und plötzlich mit ihren bunten Shorts und Hawaii-Hemden zwischen den vielen Reisenden standen.

»Guck mal da unten! Das muss Badaling sein«, sagte Tim und zeigte auf eine kleine Stadt am Fuß der Hügelkette, über die sich die Mauer erstreckte.

»Und wie kommen wir da hin?«, wollte Bob wissen.

»Na, so wie alle anderen auch«, antwortete Tim. »Mit der Seilbahn dahinten natürlich.«

Jetzt sah Bob die kleinen, eiförmigen Gondeln auch, die in etwa zwei Kilometer Entfernung an einem dicken Seil zwischen der Mauer und Badaling hin- und herpendelten.

»Das ist ja wirklich fast wie Urlaub«, rief Bob. »Ich bin noch nie mit einer Seilbahn gefahren!«

»So toll ist das nun auch wieder nicht«, wiegelte Tim ab. »Mal abgesehen von der Seilbahn, die in Rio zum Zuckerhut hochfährt – die ist nicht schlecht. Oder die, die quer über den Hafen von Barcelona geht ...«

Doch Bob hörte seinem Freund schon gar nicht mehr zu. Er wurde von einem leisen Kläffen abgelenkt, das sich schnell näherte und ihm unangenehm bekannt vorkam.

»Und natürlich nicht zu vergessen, die Seilbahn aufs Matterhorn. Die ist echt der Hammer. Das musst du unbedingt mal machen. Vielleicht fragen wir einfach Snyder, ob dort auch schon Zombies aufgetaucht sind. Dann könnten wir da hin. Das lohnt sich allein schon wegen der Aussicht auf die Alpen, obwohl die natürlich längst nicht so spektakulär sind wie der Himalaja.«

Die beiden lauschten angestrengt, bis unter dem Stimmengewirr der vielen Touristen erneut das Bellen eines Hundes zu hören war.

»Das kann nicht sein.« Tim sah Bob überrascht an. »Das ist einfach unmöglich.«

»Da hast du völlig recht«, pflichtete Bob seinem Freund bei. »Und trotzdem ... dieses Kläffen würde ich unter Tausenden wiederkennen und die sechs Typen da vorne auch.«

Bob deutete auf eine Stelle, an der die Touristenmenge auf der Mauer in Bewegung geraten war. Sechs grün uniformierte Männer bahnten sich einen Weg durch die Masse. Sie folgten einem kläffenden Zwergdackel, der an einer langen Leine direkt auf die Jungs zulief. Es waren höchstens noch dreihundert Meter, die Bob und Tim von ihren Verfolgern trennten. Die Reisenden drängten sich ängstlich rechts und links an die Wände der Mauer, um von der Gruppe nicht überrannt zu werden.

»Die sind aber echt lästig«, brummte Tim.

»Stimmt, nur diesmal können wir uns verteidigen«, erwiderte Bob und nahm die sechs Uniformierten mit dem Atomisator ins Visier.

»Spinnst du?!« Tim drückte die Mündung der Waffe auf den Boden. »Hier sind viel zu viele Unschuldige, die du treffen könntest.«

»★☢✲☠≋#🗡! Wozu haben wir das Teil, wenn ich es nie benutzen darf?!«, knurrte Bob, steckte den Atomisator aber trotzdem wieder ein, weil er einsah, dass sein Freund recht hatte.

»Wir müssen vor ihnen an der Seilbahn sein. Dann haben wir eine Chance, die Typen abzuhängen«, erklärte Tim.

Die Jungs drehten sich um und liefen los, was in den Flipflops und wegen der vielen Touristen gar nicht so einfach war. Immer wieder mussten sie der Menge ausweichen und wurden aufgehalten, weil ihnen die Menschen keinen Platz machten oder weil sie im Gedränge einen ihre Schuhe verloren. Irgendwann streiften sie sich die Flipflops einfach ab und liefen barfuß weiter, um schneller voranzukommen.

# KAPITEL SECHZEHN
# RADRENNEN AUF DER CHINESISCHEN MAUER

»So schaffen wir das nie!« Bob schaute über die Schulter.

Ihre Verfolger mit dem Zwergdackel hatten den Abstand verkürzt. Die sechs Männer hielten Pistolen in der Hand, und im Gegensatz zu den Jungs schienen sie keinerlei Skrupel zu haben, sie trotz der vielen Menschen auch zu benutzen.

»Aber damit könnte es klappen.« Tim deutete auf einen Rikschafahrer, der sein Gefährt auf der Mauer geparkt hatte und dort geduldig auf Fahrgäste wartete.

Ohne die Antwort seines Freundes abzuwarten, lief Tim auf den Fahrer zu und zog die S.W.A.P.-Plakette mit dem aufgedruckten Erdmännchen aus der Tasche.

»Ihr Fahrzeug ist beschlagnahmt!«, brüllte Tim und hielt dem Mann ihre Dienstmarke direkt vor die Nase. Aber nur ganz kurz, dann ließ er die Plakette schnell wieder verschwinden. »Wir sind Agenten eines supergeheimen Geheimdienstes. Das Überleben der gesamten Menschheit ist von Ihrer Rikscha abhängig.«

»Von meiner Rikscha?«, fragte der Mann verblüfft.

»Exakt«, bestätigte Bob. »Aber keine Sorge, wir brauchen sie nicht lange. Nur bis zur Seilbahn, da können Sie sich Ihr Gefährt nachher wieder abholen.«

Während Bob dem Mann noch eine großzügige Entschädigung versprach, hatte Tim bereits auf der Sitzbank der Rikscha Platz genommen.

»Hey, was soll das?«, fragte Bob seinen Freund erstaunt. »Du lässt dich chauffieren, und ich soll trampeln?«



»Klar, was denkst du denn?!«, erwiderte Tim.

»Ich denke, dass du in die Pedale trittst und ich es mir hinten bequem mache.«

»Das kostet 7.000 Yen für eine halbe Stunde«, brüllte der Rikschafahrer, der sich von seiner ersten Verblüffung erholt hatte und nun fordernd die Hand ausstreckte. »7.000 Yen nicht teuer. Ich habe eine Frau und fünf Kinder zu ernähren.«

»Ich steige hier nicht wieder aus«, entgegnete Tim. »Und jetzt in den Sattel mit dir und dann in die Pedale.«

»7.000 Yen sind Freundschaftspreis! Nur für euch. Denkt an meine zwei Frauen und zehn Kinder«, brüllte der Chinese dazwischen.

Ein Schuss beendete ihre Diskussion. Die Kugel zischte knapp an Tims Ohr vorbei. Der Chinese warf sich sofort auf den Boden, und Bob sprang auf den Sattel und trat in die Pedale, als wollte er die Tour de France gewinnen.

BANG
WAU WAU
Was suchst du im S.W.A.P.-Book?
TIPTIP
LALÜLA
Jetzt ist auch noch die Polizei hinter uns her!
Nein, das Lalüla kommt aus dem Tablet.
RATTATN
LALÜLALA
Das schafft uns die Leute aus dem Weg.

Dank der Polizeisirene kamen sie jetzt tatsächlich schneller voran. Die Menschen wichen der Rikscha aus, weil sie die Jungs für Beamte in Zivil hielten. Kaum waren Bob und Tim vorbei, schloss sich die Lücke auch schon wieder hinter ihnen. Tim hob kurz den Kopf und schaute durch eines der Einschusslöcher zurück. Sie hatten ihren Vorsprung wieder vergrößern können. Genau in dem Augenblick meldete sich Snyder über die Mikrokopfhörer bei ihnen.

»Hört mal, Jungs! Otto hat mir erzählt, ihr habt eines unserer Shuttles geschrottet?! Das ist absolut inakzeptabel! Habt ihr Schwachmaten eigentlich eine Ahnung, was die Teile kosten?«

»Ich würde ja wahnsinnig gern mit Ihnen plaudern, aber gerade passt es ganz schlecht«, brüllte Tim, um die Sirene zu übertönen.

»Was ist da überhaupt los bei euch?«, wollte Snyder wissen. »Was ist denn das für ein Lärm? Ist die Polizei hinter euch her?«

»Das ist unsere eigene Sirene, und Sie glauben nicht, wo wir gerade sind«, schrie Bob.

Tim stellte die Sirene aus. Viel leiser wurde es trotzdem nicht, weil nun die Schreie der Menschen und die Schüsse ihrer Verfolger zu hören waren, die das Tatütata zuvor übertönt hatte.

»Was treibt ihr denn da?«, erkundigte sich Snyder. »Nach meinen Informationen gibt es in der Gegend, in der ihr steckt, noch so gut wie keine Zombies.«

»Wir machen nur ein bisschen Sightseeing«, erklärte Tim. »Bob war noch nicht hier, und ich wollte ihm die Gegend zeigen.«

»Dafür ist jetzt absolut keine Zeit!« Jetzt war es Snyder, der brüllte. »Ihr sollt die Zombies stoppen und keine Touristenattraktionen besuchen.«

»Deswegen sind wir ja hier!« Bob versuchte den Top-Agenten zu beruhigen. Er war außer Atem, weil er während des Gesprächs weiter kräftig in die Pedale trat.

»Leider gibt es da nur ein kleines Problem«, rief Tim.

»Für uns vom S.W.A.P. gibt es absolut keine Probleme, sondern nur Herausforderungen«, unterbrach ihn Snyder.

»Die Herausforderung besteht darin, dass die Typen mit dem lästigen Zwergdackel plötzlich wieder aufgetaucht sind«, fuhr Tim fort. »Das nur als Info, falls Sie sich fragen sollten, warum hier oben auf der Chinesischen Mauer scharf geschossen wird.«

Als wollten sie Tims Aussage bestätigen, feuerten die Verfolger erneut auf die Rikscha der Jungs. Die Kugeln flogen knapp über Bobs und Tims eingezogene Köpfe hinweg. Es war ein wahres Wunder, dass bis jetzt noch niemand verletzt worden war.

»Ich könnte euch zwei Kampfjets vorbeischicken«, schlug Snyder vor. »Die pusten eure Verfolger mit zwei Raketen von der Mauer runter. Absolut kein Problem!«

»Auf gar keinen Fall!«, schrie Tim, der sich nicht sicher war, ob der Top-Agent das Angebot ernst meinte oder nicht. »Hier sind viel zu viele Menschen.«

»Sind Sie noch da?«, fragte Bob, der die Rikscha scharf an einer Gruppe mit schwerhörigen, übergewichtigen US-Amerikanern vorbeilenken musste. Seit Tim die Sirene abgeschaltet hatte, kamen sie wieder nur sehr viel langsamer voran. Bob musste ständig auf die Bremse treten, weil er niemanden überfahren wollte.

»Klar bin ich noch da«, erwiderte Snyder. »Solange die Chefin krank ist, bin ich immer da und dazu verdammt, hier in der Zentrale zu hocken und absolut überflüssige Formulare auszufüllen.«

»Machen Sie sich um Hoka mal keine Sorgen«, versuchte Tim ihn zu trösten.

»Ich mache mir absolut keine Sorgen«, erwiderte Snyder, auch wenn seine Stimme das Gegenteil verriet. »Außerdem habe ich hier viel zu viel zu tun, um mir Sorgen zu machen. Meldet euch, wenn es was Neues gibt!«

»Von Hoka?«, fragte Tim.

»Nein, von den Zombies oder von euren Verfolgern«, entgegnete Snyder. »Aber nur, wenn es etwas wirklich Wichtiges ist. Ende und raus.«

»Gut festhalten!«, brüllte Bob, nachdem Snyder sich verabschiedet hatte.

Vor den Jungs war eine Kindergartengruppe aufgetaucht. Die chinesischen Jungen und Mädchen hatten sich vor Schreck einfach auf den Boden geworfen, als sie die Rikscha auf sich zu rasen sahen.

»Was hast du vor?«, schrie Tim.

»Nur einen kleinen Sprung über die Kleinen da vor uns«, schrie Bob zurück.

»Das ist kein BMX-Rad, auf dem du hockst«, brüllte Tim.

»Es hat einen Lenker, es hat Pedalen, und es hat Räder«, rief Bob und riss den Lenker in die Höhe, weil das Vorderrad die ersten der Kinder auf dem Boden schon fast berührte. »Also kann man damit auch springen!«

Die Rikscha hob ab und flog über die Kindergartengruppe, als wären die Regeln der Schwerkraft für das dreirädrige Gefährt in diesem Moment außer Kraft gesetzt.

Aus lauter Übermut ließ Bob den Lenker während des Sprungs einmal um 360 Grad rotieren, als hätte er völlig vergessen, dass er nicht beim BMX-Wettkampf war, sondern auf der Flucht vor einem Zwergdackel und seinen sechs bewaffneten Herrchen.

Polternd setzte die Rikscha hinter den Kindern wieder auf dem Boden auf. Tim hatte die ganze Zeit die Augen geschlossen gehalten. Er hatte nicht geglaubt, dass seinem Freund dieser Stunt tatsächlich gelingen würde, und – falls doch –, dass das zusammengeschweißte Fahrgestell der klapprigen Rikscha die Landung heil überstehen würde.

Nun, da seine schlimmsten Befürchtungen nicht eingetreten waren, öffnete er die Augen wieder und rang sich zu einem »Gar nicht so übel, der Sprung« durch.

Als er sich noch einmal nach ihren Verfolgern umdrehte, sah er, dass die Kinder wieder aufgestanden waren und sich nun um den Zwergdackel drängten. Die Jungen und Mädchen wollten den süßen kleinen Hund unbedingt streicheln. Tim grinste, weil ihre Verfolger dadurch wertvolle Zeit verloren. Dann schaltete er die Sirene wieder ein, damit ihnen die Menschen auf den letzten Metern, die die Jungs noch von der rettenden Gondel trennten, freiwillig den Weg räumten.

# KAPITEL SIEBZEHN GONDEL MIT ZOMBIE

Vor dem Eingang der Seilbahn hatte sich eine Schlange gebildet. Die Menschen warteten, um endlich in eine der wenigen Gondeln steigen und ins Tal hinunterfahren zu können. Noch schien dort niemand etwas von der Schießerei auf der Mauer bemerkt zu haben. Oder es war einfach keiner bereit, seinen Platz in der Schlange deswegen leichtfertig aufzugeben. Tim tippte auf Zweiteres, weil die Reihe wirklich sehr lang war und sich nur ganz langsam vorwärtsbewegte. Tim schätzte, dass die Touristen, die ganz vorne standen, bestimmt schon über zwei Stunden gewartet haben mussten.

Die Stimmung der Menschen in der Warteschlange war eindeutig gegen die Jungs, und auch der Seilbahnwärter machte keinerlei Anstalten, sie einfach so vorzulassen … noch dazu ganz ohne Fahrschein.

Während Tim noch sein Ohrläppchen knetete, um eine schnelle Lösung zu finden, handelte Bob und verpasste seinem Freund einen ansatzlosen, kaum wahrnehmbaren Schlag in die Seite. Tim klappte sofort zusammen, weil ihm die Luft zum Atmen wegblieb. Er hatte gerade noch genug Puste, um »Spinnst du?! Was soll das?« zu keuchen.

Bob achtete nicht darauf, sondern wandte sich direkt an die Wartenden, die die beiden Jungs immer noch streitlustig anstarrten, weil sie sich vorgedrängelt hatten.

In den Augen der meisten Wartenden war jetzt kein Ärger mehr, sondern nur noch Mitgefühl und mindestens ebenso viel Sorge um den Jungen wie um sich selbst abzulesen. Tim sah allerdings auch wirklich nicht gut aus. Er bekam immer noch schlecht Luft, und Bob hatte sich den rechten Arm seines Freundes um die Schulter gelegt, um ihm beim Einsteigen in die Gondel zu helfen.

Auch der Seilbahnwärter verzichtete darauf, die Tickets der Jungs zu kontrollieren, sondern stützte Tim von der anderen Seite, damit er auf einer der beiden kleinen Bänke, die sich in der engen Gondel gegenüberstanden, Platz nehmen konnte.

»Gute Besserung!«, riefen die Wartenden den Jungs hinterher, und darin klang definitiv mehr Erleichterung als Besorgnis mit.

Fast hatte Bob ein schlechtes Gewissen, dass er ihnen mit der geschwindelten Ansteckungsgefahr so viel Angst eingejagt hatte. Aber das war schnell vorbei, als er die Schüsse und das Gekläffe ihrer Verfolger hörte, die der Seilbahnstation immer näher kamen. Er und Tim saßen in der Gondel, und das war das Einzige, was zählte. Der alte Chinese hatte bereits die Tür hinter ihnen geschlossen, und ruckelnd setzte sich die Seilbahn in Bewegung.

»Das war eine ziemlich gute Idee von dir«, keuchte Tim, der nur langsam wieder zu Atem kam.

»Du musst wirklich krank sein«, entgegnete Bob und legte seine Hand auf Tims Stirn, als wollte er kontrollieren, ob sein Freund Fieber hatte.

»Wie kommst du denn darauf?«, wollte Tim wissen und schlug Bobs Hand weg.

»Das ist jetzt schon das zweite Mal, dass du mich lobst, und das innerhalb von nur fünf Minuten«, erwiderte Bob und grinste.

»Lässt sich manchmal leider nicht vermeiden«, sagte Tim und grinste zurück. Dann schaute er aus dem Fenster der Gondel in die Tiefe. »Geht ganz schön tief runter!«

»Schiss?«

»Ich doch nicht!«, erwiderte Tim, der sich von Bobs Schlag inzwischen halbwegs erholt hatte. »Ich hoffe nur, dass die Seilbahntechniker in China genauso zuverlässig arbeiten wie in der Schweiz.«

Bobs Blick ging nicht nach unten, sondern zurück zur Chinesischen Mauer. In die beiden nächsten Gondeln waren Touristen eingestiegen, aber in der darauf drängten sich schon die sechs bewaffneten Männer mit ihrem Zwergdackel. Auch sie hatten sich dreist in der Warteschlange vorgedrängelt. Bob war sich ziemlich sicher, dass es bei ihnen aufgrund der gezückten Pistolen keine Proteste gegeben hatte. Und falls doch, dann nur ganz kurz. Immerhin bildeten die beiden Gondeln zwischen ihnen und ihren Verfolgern einen gewissen Puffer, und das bedeutete, dass Bob und Tim vorläufig in Sicherheit waren.

Ein röchelndes Fauchen riss die Jungs aus ihren Überlegungen.

Erst jetzt bemerkten sie, dass sie nicht allein in der Gondel saßen. Auf der kleinen Sitzbank ihnen gegenüber hockte ein Mann, der in einen Mantel gehüllt war und sich seine Kapuze so tief ins Gesicht gezogen hatte, dass Bob und Tim weder Mund noch Augen sehen konnten.

Keine Reaktion.

»Sagen Sie: Haben Sie eigentlich Ausschlag im Gesicht? Oder irgendwelche Pickel?«, erkundigte sich Tim. »Vor uns brauchen Sie sich nicht zu schämen.«

»Versprochen! Wir lachen Sie auch ganz bestimmt nicht aus«, bestätigte Bob. »Sie können die Kapuze ruhig runternehmen, sonst haben Sie doch überhaupt nichts von der Fahrt.«

Wieder keine Reaktion.

»Vielleicht hat er Höhenangst? Und traut sich einfach nicht, in die Tiefe zu gucken? Könnte doch sein, oder?«, flüsterte Tim seinem Freund zu, dann wandte er sich wieder an den Fremden ihnen gegenüber. »Das ist halb so schlimm, glauben Sie mir. Sie müssen sich Ihren Ängsten stellen, sonst werden Sie die nie los.«

Ihr Mitfahrer stieß erneut sein röchelndes Fauchen aus und schüttelte den Kopf. Dabei rutschte ihm die Kapuze in den Nacken und entblößte sein entstelltes Gesicht.

Lange würden sie ihn nicht in Schach halten können, das war den Jungs klar. Einmal war der aufgerissene Mund des Zombies so nah vor Bobs Gesicht, dass der den fauligen Atem des Untoten riechen konnte. Er stank nach einer Mischung aus Mülleimer, Abflussrohr und Schulklo. Nur durch ein Täuschungsmanöver, das so plump war, dass nur ein Zombie darauf reinfallen konnte, gelang es Bob, sich unter seinem Angreifer herauszuwinden.

»Wir müssen hier raus!«, rief Tim.

»Und wie? Hier runterspringen geht auf keinen Fall! Das ist viel zu tief!«, schrie Bob. »Dann kann man uns danach vom Boden aufkratzen.«

»Doch nicht runter! Wir müssen rauf, und zwar aufs Dach der Seilbahn«, erklärte Tim, der bereits einen roten Nothalteknopf gedrückt hatte, der an der Decke angebracht war.

Die Gondel stoppte und schwankte dabei vor und zurück wie ein Schaukelpferd. Der Zombie verlor das Gleichgewicht und stürzte auf den Boden. Bob und Tim nutzten die Gelegenheit, rissen die Tür auf und kletterten schnell an der Außenwand hinauf auf das Dach der Seilbahn. Alle Kabinen standen still und schwangen im Wind vor und zurück wie Schiffe auf den Wellen. Am Horizont hatten sich dunkle Wolken aufgetürmt, die einen Sturm ankündigten.

»Und nun?«, fragte Bob.

»Bewundern wir ein bisschen die schöne Aussicht«, erwiderte Tim.

Bob drehte sich einmal im Kreis und erwiderte dann: »Genug bewundert. Lass uns lieber Snyder Bescheid geben, damit er uns hier runterholt.«

»Snyder, melden Sie sich. Es ist dringend!«, funkte Tim die Zentrale an.

»Hat er euch gebissen?«, fragte der Top-Agent nach einer kurzen Pause.

»Wer?«, fragte Bob zurück.

»Na, der Zombie natürlich! Wer sonst?« Snyder schnaufte verächtlich.

»Na, der Zwergdackel zum Beispiel, der auch hinter uns her ist«, erwiderte Bob.

»Keine Sorge, keiner von beiden hat uns erwischt«, ergänzte Tim.

»Das ist gut, das ist sehr gut«, brummte Snyder. »Andernfalls hätte ich euch nämlich leider erschießen müssen.«

»Die Mühe könnten Sie sich sparen, das würden andere dann schon für Sie erledigen.« Bob schaute auf die Gondel, in der ihre Verfolger saßen.

Drei der sechs Männer waren mittlerweile ebenfalls auf das Dach der Seilbahnkabine gestiegen und zielten mit ihren Pistolen auf die Jungs.

»Sie müssen uns hier runterholen«, sagte Tim.

»Wie soll das gehen? Ich bin Tausende Kilometer von euch entfernt«, erwiderte Snyder trocken. »Das müsst ihr schon allein schaffen. Viel Glück, und meldet euch, wenn ihr in Sicherheit seid.«

»Sie sind wie immer eine große Hilfe«, knurrte Bob.

»Was hast du erwartet? Dass er sein Superheldencape anzieht und zu uns herübergeflogen kommt?«, fragte Tim.

»Du wolltest ihn doch unbedingt anrufen!«, erwiderte Bob beleidigt.

Tim antwortete Bob nicht, sondern beobachtete besorgt die drei Männer mit ihren Pistolen. Weil ihre Gondel höher war als die von Bob und Tim, boten die beiden Kabinen dazwischen den Jungs keinen Schutz. Ihre Verfolger hatten freie Schussbahn und nutzten auch gleich die Gelegenheit, um das Feuer wieder aufzunehmen. Doch weil der auffrischende Wind die Gondeln hin- und herschaukelte und es so unmöglich war, genau zu zielen, zischten die Kugeln mit großem Abstand an Bob und Tim vorbei. Das war gut für die Jungs. Weniger gut war, dass sie sich selbst nur mit Mühe auf dem Dach ihrer Gondel halten konnten. Bob und Tim klammerten sich an den Bügel, der ihre Kabine mit den Stahlseilen verband. Über ihren Köpfen hörten sie das Pfeifen des Windes und unter ihren Füßen das Brüllen des Zombies, dem die zunehmende Schaukelei auch nicht sonderlich zu gefallen schien.

# KAPITEL ACHTZEHN
# EINE GÜRTELSEILBAHN

Bob zog sich den roten Ledergürtel aus den Schlaufen seiner Bermudashorts.

»Was hast du vor?«

»Wir basteln uns unsere eigene Seilbahn.« Bob warf den Gürtel über das Stahlseil und packte die Enden rechts und links fest mit den Händen.

»Das ist nicht dein Ernst?!«, fragte Tim, dem langsam klar wurde, was sein Freund vorhatte.

»Doch«, erwiderte Bob.

»Das ist Selbstmord!«

»Das ist es auch, wenn wir hierbleiben. Das sollte deinem *Big Brain* eigentlich klar sein. Entweder wir werden erschossen, vom Sturm in die Tiefe gefegt oder von unserem Mitfahrer da unten gebissen. Ich habe nämlich den unbestimmten Verdacht, dass der uns zum Fressen gernhat.«

Tatsächlich hatte der Zombie angefangen, mit seinen Fäusten von unten gegen das Dach der Kabine zu trommeln. Das dünne Blech wies schon mehrere Dellen auf und zeigte an einigen Stellen sogar Risse, durch die die Jungs den tobenden Zombie unter sich beobachten konnten. Lange würde das Dach seinen Attacken nicht mehr standhalten.

»Okay, du hast mich überzeugt«, sagte Tim und zog sich ebenfalls seinen Gürtel aus. »Und ich dachte immer, Zombies wären eher so die trägen Typen. Der da unten ist ja das reinste Energiebündel.«

»Vielleicht hat er einen Energydrink getrunken«, sagte Bob.

»Oder er hat jemanden gebissen, der vorher einen Energydrink getrunken hat«, entgegnete Tim und wagte einen letzten Blick in die Tiefe. Direkt unter ihnen befand sich blanker Fels.

Kein Baum, kein Strauch, nicht einmal ein bisschen Moos, das ihren möglichen Sturz abfedern würde.

»Bist du bereit?«, erkundigte sich Bob, der Tims besorgtes Gesicht bemerkt hatte.

»Eine Frage noch«, sagte Tim. »Wie bremsen wir, wenn wir unten ankommen?«

»Gar nicht«, antwortete Bob. »Siehst du den Teich da unten? Wenn wir genau da drüber sind, lassen wir einfach los.«

»Ist das dein Plan?«

»Das ist mein Plan!«

»Klingt gut«, sagte Tim und warf das eine Ende seines Gürtels über das Stahlseil, so wie er es bei seinem Freund gesehen hatte. »Also gilt mal wieder: No risk …«

»… no fun«, vollendete Bob und sprang von dem Dach der Kabine.

AHHHHH!
PLATSCH
PLUMMS
Du auch hier? Was für ein Zufall.
Ich habe gerade ein totales Déjà-vu. Wir beide im Wasser und nass bis auf die Knochen.
Mir kommt es vor, als wäre der Sprung in den Fluss schon Jahre her.

»Die Zeit vergeht eben wie im Fluge, wenn man sich so gut amüsiert wie wir zwei. Und jetzt lass uns hier raus, wir haben noch etwas zu erledigen.« Mit ein paar Armstößen schwamm Tim ans Ufer, an das sich auch die Enten vor den seltsamen Besuchern ihres Teichs gerettet hatten.

Bob stieg direkt hinter Tim aus dem Wasser und zeigte auf die Enten, die die Eindringlinge schnatternd beschimpften.

»Das sind also die berühmten Pekingenten, die man im Chinarestaurant bekommt.«

Tim verdrehte die Augen, bevor er seinen Freund korrigierte. »Das sind Mandarinenten, die kann man nicht essen.«

»Mandarinenenten? Komischer Name.«

»Nicht Mandarinen! Mandarin!«, verbesserte Tim. »Hier in China sind sie ein Symbol für Treue, weil die Entenpaare ein ganzes Jahr zusammenbleiben und erst dann zu einem anderen Partner wechseln.«

Bob war stehen geblieben und blickte Tim schweigend an.

»Stimmt irgendwas nicht mit mir?«, fragte Tim. »Habe ich Entengrütze im Haar?«

»Nein, ich wundere mich nur immer wieder, mit was für einem sinnlosen Wissen du dein Gehirn zugemüllt hast. Da ist bald gar kein Platz mehr für ein paar vernünftige Gedanken«, sagte Bob und grinste.

»Keine Sorge, da ist Platz genug. Und immerhin benutze ich mein Gehirn wenigstens, im Gegensatz zu dir«, entgegnete Tim und zog das S.W.A.P.-Book aus der Tasche. Er wollte überprüfen, ob es trotz ihres Bades im See immer noch einwandfrei funktionierte.

»Dann pass mal gut auf! Ich beweis dir jetzt das Gegenteil.« Bob rannte auf die Talstation zu und zückte im Laufen den Atomisator. Tim schaute ihm kopfschüttelnd hinterher, dann widmete er sich wieder dem Tablet vor ihm. Es weigerte sich, hochzufahren. Erst als Tim es kräftig schüttelte, um auch die letzten Wassertropfen aus dem Gerät herauszuholen, meldete sich das S.W.A.P.-Book mit einem leisen Piepsen zurück.

Kurz darauf war auch Bob wieder da. Er hielt sich den Atomisator vor die Lippen und pustete theatralisch den nicht vorhandenen Rauch von der Spitze der Waffe. Wie ein Revolverheld im Western, der den Pulverdampf von der Mündung seines Colts bläst.

»Was soll der Quatsch? Wo hast du gesteckt?«, wollte Tim wissen.

»Ich habe mein Gehirn benutzt und darüber nachgedacht, wie wir es hinkriegen, dass unsere Verfolger mit ihrem Hündchen noch ein bisschen da oben bleiben müssen.« Bob deutete auf die Gondeln, die immer noch im Wind hin- und herschaukelten.

»Mach es nicht so spannend. Was hast du getan?«, drängelte Tim.

»Ich habe die Antriebsmaschine der Seilbahn mit dem Atomisator Richtung Holland geschossen«, erklärte Bob.

»Was sollen die Holländer denn damit? Die haben doch gar keine Seilbahnen. Die haben ja noch nicht mal Berge«, bemerkte Tim.

»Kapierst du nicht? Ohne die Maschine wird es eine ganze Weile dauern, bis sie die Gondeln da runterkriegen«, erklärte Bob. »Und bis dahin haben wir unsere Ruhe.

Weil sie ihre Flipflops während der Verfolgungsjagd auf der Mauer zurückgelassen hatten, liefen Bob und Tim jetzt barfuß durch die Straßen Badalings und folgten dabei exakt den Anweisungen des S.W.A.P.-Books. Sie waren beide nass bis auf die Knochen. Außerdem rutschten ihre Shorts, weil die Jungs keine Gürtel mehr hatten und ihnen die Hosen mindestens zwei Nummern zu groß waren. Aber das sah zum Glück niemand, weil es schon Abend geworden war und auf den Straßen kaum noch jemand unterwegs war.

»Warum ist hier niemand?«, fragte Bob. »Ich dachte, es gibt so wahnsinnig viele Chinesen.«

»Es gibt etwa 1,35 Milliarden, aber das ändert sich minütlich«, erklärte Tim.

»Sag ich ja, und da ist es doch geradezu unheimlich, wie ausgestorben die Stadt wirkt.«

»Vielleicht hat sich das mit den Zombies mittlerweile rumgesprochen, und die Leute haben sich zu Hause eingeschlossen«, vermutete Tim.

»Oder es läuft gerade ein wichtiges Tischtennisspiel«, mutmaßte Bob. »Die Chinesen stehen doch auf Tischtennis. Wenn bei uns ein Länderspiel ansteht, ist ja auch keiner draußen.«

Bob und Tim brauchten sich nicht abzusprechen. Sie wussten auch so, was zu tun war. Schnell kletterten sie über den Zaun auf die andere Seite, nahmen dann aber nicht den Weg, sondern schlugen sich quer durch den kleinen Park, sodass sie ungesehen ganz nah an den Palast herankamen.

»Hätte nicht gedacht, dass man im Zombie-Geschäft so viel Geld verdienen kann. Die Hütte muss ein Vermögen gekostet haben«, flüsterte Bob.

»Vielleicht hat er noch einen Nebenjob«, erwiderte Tim leise. »Lass uns gucken, ob irgendwo ein Fenster offen steht.«

Die Jungs rannten über die breite Auffahrt zu dem riesigen Anwesen hinüber und duckten sich unter eines der unzähligen Fenster. Dann schlichen sie einmal um das Gebäude herum. Auf der Rückseite lag ein groß angelegter Garten. Bob tippte Tim auf den Rücken und zeigte auf eine Glastür, die zum Garten hinausführte und nur angelehnt war.

Dahinter lag ein Raum, der mit dicken Bastmatten ausgelegt war. Wie schon der Weg im Garten wurde auch das Zimmer von roten Lampions erleuchtet. An einer der Wände hingen Pergamentfahnen mit chinesischen Schriftzeichen und das Bild eines chinesischen Drachen. An der Wand gegenüber stand eine Kommode aus schwarz lackiertem Holz mit unzähligen Schubladen und Fächern. Aber die interessierten Tim nicht. Ihn interessierte ein gerahmtes Foto, das auf der Kommode stand und ein junges Pärchen zeigte, das offensichtlich sehr ineinander verliebt war und ganz außergewöhnlich glücklich aussah. Der Mann war Europäer und besaß ein kantiges Gesicht. Die Frau hatte asiatische Gesichtszüge.

»Guck dir das mal an!«, forderte Tim seinen Freund auf. »Der Mann da auf dem Bild! Das ist doch Snyder!«

Bob trat neben Tim und betrachtete das Foto.

»Hätte nie gedacht, dass der auch mal jung war«, sagte Bob. »Und die Frau, die hat Ähnlichkeit mit Hoka. Findest du nicht?«

»Jetzt, wo du es sagst«, erwiderte Tim. »Das ist ja wirklich verblüffend. Man könnte fast glauben ...«

Weiter kam er nicht. Von hinten traf ihn ein Fußkick genau an der Stelle, an der Bob ihn bereits auf der Chinesischen Mauer erwischt hatte. Sofort sackte Tim in sich zusammen. Bob griff reflexartig zum Atomisator, aber da streckte ihn ein gut platzierter Handkantenschlag bereits zu Boden. Die Jungs landeten nebeneinander auf den Bastmatten, unfähig, sich zu rühren oder auch nur ein Wort zu sagen.

# KAPITEL NEUNZEHN
# DIE ZOMBIE-MEISTERIN

»Woher kennt ihr Hoka?«

Die Frau, die misstrauisch von oben auf die Jungs hinunterschaute, sah in ihrer schwarzen Hose, der engen schwarzen Jacke und dem Schwert auf ihrem Rücken wie eine Ninja-Kriegerin kurz vor der Pensionierung aus. Bob schätzte sie auf Mitte vierzig. Die Jahre hatten rund um ihre mandelförmigen Augen tiefe Falten in ihr Gesicht gegraben. Trotzdem erkannte Tim sie sofort: Es war die Frau neben Snyder auf dem Foto.

»Wer sind Sie?«, keuchte Tim.

»Und warum haben Sie uns niedergeschlagen? Wir haben Ihnen nichts getan!« Bob rieb sich die Stelle, an der ihn der Handkantenschlag getroffen hatte.

»Erstens bin ich es, die hier die Fragen stellt«, erwiderte die Frau unbeeindruckt. »Und zweitens seid ihr ohne Einladung in mein Haus eingedrungen. Wären wir in den USA, hätte ich euch ohne Vorwarnung erschießen dürfen.«

»Wir sind aber nicht in den USA«, brummte Tim, der langsam wieder Luft bekam.

»Euer Glück, und nun steht auf. Mit euren nassen Klamotten ruiniert ihr mir noch meine Bastmatten.«

Bob und Tim sahen sich an, dann erhoben sie sich mühsam. Dabei hielten sie ihre gürtellosen Hosen fest, damit sie ihnen nicht in die Kniekehlen rutschten. Die Situation war auch so schon unangenehm genug, denn die Frau hatte recht. Ihre Hemden und Shorts waren immer noch nass und hatten auf den hellbraunen Matten große dunkle Flecken hinterlassen.

»Also, woher kennt ihr Hoka Hay?«, fragte die Frau ein zweites Mal.

Die Frau zog das Schwert aus der Scheide und hielt es mit beiden Händen drohend über ihrem Kopf.

»Flüchtig, wir kennen die zwei nur ganz flüchtig«, gab Bob zu.

»Wobei ... wirklich kennen kann man das nicht nennen. Wir haben die beiden nur ein- oder zweimal getroffen und dann auch nur über das Wetter oder den letzten Urlaub geplaudert. Was man so redet, wenn man sich zufällig begegnet«, ergänzte Tim. »Und verraten Sie uns jetzt vielleicht auch einmal, wer Sie sind?«

»Ich bin Mau Ze Tot, und ich glaube euch kein Wort«, erwiderte die Frau und ließ ihr Schwert einmal haarscharf über den Köpfen der Jungs durch die Luft zischen.

»Sie?«, fragte Bob erstaunt. »Sie sind Mau Ze Tot???«

»Was dagegen?«, fragte die Frau zurück.

»Wir dachten, Mau Ze Tot wäre ein Mann«, erklärte Tim. »Ein richtiger Zombie-Meister.«

»Nur weil ich eine Frau bin, kann ich kein Zombie-Meister sein, oder was?« Die Frau hieb mit ihrem Schwert so knapp an Tims Frisur entlang, dass ein paar Haarspitzen dran glauben mussten.

»Natürlich können Frauen Zombie-Meister sein«, beschwichtigte Tim. »Wahrscheinlich sogar bessere als Männer, aber korrekt müsste es dann eigentlich Zombie-Meisterin heißen.«

Bob trat Tim auf den Fuß, damit er aufhörte.

»Ist ja schon gut, wir sagen Ihnen die Wahrheit«, lenkte er ein.

»Wenn Sie uns schon so höflich darum bitten«, ergänzte Tim. »Wir sind nur zwei harmlose Touristen, die sich verlaufen haben. Eigentlich wollten wir zur Chinesischen Mauer. Aber weil wir die Straßenschilder mit den chinesischen Schriftzeichen nicht lesen konnten, standen wir plötzlich hier in Ihrem Wohnzimmer.«

»Und das mit Hoka und Snyder können wir auch erklären. So heißen unsere beiden Meerschweinchen, die zu Hause in Deutschland auf uns warten«, bemerkte Bob. »Und da fällt mir ein, dass wir die dringend füttern müssen. War wirklich nett, Sie kennengelernt zu haben.«

»Fand ich auch, aber wir müssen jetzt wirklich«, fügte Tim hinzu.

Das Schwert zischte erneut knapp über die Köpfe der Jungs hinweg, und auch diesmal erwischte die scharfe Klinge ein paar von Bobs und Tims Haaren.

Den Jungs war klar, dass sie in einem Kampf gegen die Ninja-Kriegerin nicht den Hauch einer Chance besaßen. Bob wollte sich lieber gar nicht erst vorstellen, was passieren würde, wenn er auch nur versuchen würde, den Atomisator zu ziehen. Tim, der sich schon eine ganze Weile sein Ohrläppchen rieb, war ebenfalls zu der Einsicht gelangt, dass sie keine Wahl hatten. Sie mussten Mau Ze Tot die Wahrheit sagen und darauf hoffen, dass die Ninja-Kriegerin ihnen im Gegenzug vielleicht etwas mehr über die plötzliche Zombie-Invasion erzählen würde.

Die Jungs erzählten ihr die ganze Geschichte, angefangen bei der explodierenden Raviolidose, die Snyder aus dem Verkehr gezogen hatte (Mau Ze Tot: »Der Ärmste!«) und dazu führte, dass Angela Steel sie kurzerhand für den S.W.A.P. rekrutierte (Mau Ze Tot: »Ist sie immer noch so geizig?«), von ihrem ersten Treffen mit Hoka Hay (Mau Ze Tot: »Geht es ihr gut?«) und ihren gemeinsamen Einsätzen gegen den Baron von Funeral (Mau Ze Tot: »Dieser miese Dreckskerl!«), die sie sogar bis auf die Rückseite des Mondes geführt hatten (Mau Ze Tot: »Wow!«), und natürlich von dem plötzlichen Auftauchen der Zombies überall auf der Welt (Mau Ze Tot: »Damit hatte ich schon viel früher gerechnet!«).

Als sie eine halbe Stunde später mit ihrem Bericht fertig waren, hatte die Ninja-Kriegerin Tränen in den Augen. Bob und Tim wussten nicht, wie sie auf den unerwarteten Gefühlsausbruch reagieren sollten. Es war ihnen unangenehm, die Frau vor ihnen weinen zu sehen.

»Und jetzt sind Sie dran! Deal ist Deal!«, sagte Tim, als sich Mau Ze Tot wieder etwas beruhigt hatte. »Was haben Sie mit Snyder und Hoka zu tun? Und woher kennen Sie den Baron von Funeral?«

»Thomas und ich, wir sind uns immer wieder bei verschiedenen Missionen über den Weg gelaufen. Irgendwann haben wir uns ineinander verliebt und wurden ein Paar«, begann die Ninja-Kriegerin ihre Erzählung. »Aber das ist schon lange her und konnte nicht gut gehen. Wir standen auf unterschiedlichen Seiten. Er hat damals schon für den S.W.A.P. gearbeitet und ich für die Organisation, die am meisten gezahlt hat. Ich bin damals viel gereist, um meine Kampfkünste durch Techniken aus aller Welt zu verfeinern. Irgendwann bin ich auf Haiti gelandet, wo ich auch den Voodoo-Priester Baby Prince Jay Jay kennenlernte. Ich habe aber schnell gemerkt, dass er ein Scharlatan ist. Doch es gab ja noch andere. Von denen habe ich alles über Voodoo und Zombies gelernt. Als ich darüber mehr Wissen angesammelt hatte als meine Lehrer, bin ich weitergezogen und irgendwann Baron von Funeral begegnet. Er hat mir Geld geboten, viel, viel Geld, wenn ich ihn in die Geheimnisse der Zombie-Beschwörung einweihen würde. Er hat mir beim Leben seiner Mutter geschworen, dieses Wissen niemals anzuwenden, und ich war so jung und dumm, ihm zu glauben. Erst Jahre später habe ich erfahren, dass seine Mutter schon bei seiner Geburt gestorben war«, sagte die Ninja-Kriegerin und wischte sich erneut eine Träne aus dem Augenwinkel. »Als Snyder von meinem Verrat erfuhr, trennte er sich endgültig von mir. Seitdem habe ich ihn nicht mehr gesehen.«

Die Ninja-Kriegerin nickte traurig und ließ ihr Schwert zurück in die Scheide auf ihrem Rücken gleiten.

»Es geht ihr doch gut, meiner Kleinen, oder?«, fragte Mau Ze Tot.

»Das wissen wir nicht«, gestand Bob. »Das letzte Mal haben wir sie auf Haiti gesehen.«

»Und wir haben keine Ahnung, wo sie jetzt steckt«, ergänzte Tim.

»Dann müssen wir sie suchen!«, rief Mau Ze Tot aufgeregt.

»Das ist nicht unser Auftrag«, entgegnete Tim ruhig, obwohl ihm das sichtlich schwerfiel. »Wir sollen die Zombies stoppen.«

»Dann müsst ihr den Baron finden«, erwiderte die Ninja-Kriegerin. »Er hat sie aus ihren Gräbern gerufen.«

»Von Funeral ist Geschichte. Wir haben ihn selbst in die unendlichen Weiten des Weltalls geschossen«, erklärte Bob.

»Der Baron ist niemals lebendiger als dann, wenn man ihn für tot hält«, entgegnete Mau Ze Tot geheimnisvoll. »Aber ich werde euch helfen. Ihr müsst nach Texas. Ganz in der Nähe der mexikanischen Grenze gibt es eine verlassene Westernstadt mit einem uralten Zombie-Friedhof. Dort müsst ihr hin.«

»Und was machen Sie? Das ist doch irgendwie auch alles ein bisschen Ihre Schuld«, sagte Tim.

»Ich mache mich auf die Suche nach meiner Tochter«, erwiderte Mau Ze Tot und zeigte auf die Mikrokopfhörer in den Ohren der Jungs. »Ich nehme an, die Dinger dort erlauben euch nicht nur, perfekt Chinesisch zu sprechen, sondern auch, Kontakt zur Zentrale des S.W.A.P. zu halten. Stimmt's?«

»Stimmt«, bestätigte Bob.

»Gut, dann meldet euch bei Snyder. Vielleicht hat er in der Zwischenzeit etwas von Hoka gehört.«

»Und wo ist Otto?«, fragte Tim. »Experimentiert der immer noch mit seinem vegetarischen Diätplan für Zombies?«

»S.W.A.P. 0815 ist im Keller«, erwiderte Angela Steel. »Der Zombie da unten hat die Tür aufgebrochen und läuft jetzt stur den Flur rauf und runter. Otto muss aufpassen, dass diese Bestie nicht zufällig den Aufzugknopf erwischt und uns hier oben besuchen kommt.«

»Das sind keine Bestien, sondern auch nur ganz arme Teufel«, mischte sich Bob ein.

»Der Junge hat recht«, bestätigte Mau Ze Tot.

»Wer ist denn die Frau da bei euch?«, erkundigte sich die Chefin des S.W.A.P. neugierig.

»Hallo, Angela! Lange nichts mehr von dir gehört, meine Liebe«, sagte die Ninja-Kriegerin zur Begrüßung. »Hast du dir deine schiefe Nase inzwischen mal richten lassen?«

»Bist du das, Mau?«, erwiderte Angela Steel überrascht. »Das hätte ich mir denken können, dass du hinter dem ganzen Ärger steckst. Meine Teuerste, trägst du immer noch diese scheußlichen schwarzen Sachen, die dir damals schon nicht gestanden haben?«

»HALT! STOPP! AUS!«, rief Tim dazwischen.

Er wusste, dass auch Angela Steel ein Auge auf Thomas Snyder geworfen hatte, und es war ihm klar, dass die beiden Frauen in der Vergangenheit keine Freundinnen gewesen waren und es auch in Zukunft niemals sein würden. »Das ist jetzt nicht der richtige Zeitpunkt für alberne Eifersüchteleien. Haben Sie was von Hoka gehört, Chefin?«

»Leider nicht«, antwortete Angela Steel.

»Um Hoka kümmere ich mich«, erklärte Mau Ze Tot. »Die Jungs aber müssen schleunigst nach Texas, um die Zombie-Invasion zu stoppen. Habt ihr noch diese praktischen Suburb-Shuttles, oder sind die inzwischen aus Kostengründen stillgelegt worden, meine Liebe?«

»Natürlich haben wir noch unsere zauberhaften Shuttles, meine Teuerste«, entgegnete Angela Steel gekränkt. »Aber leider könnt ihr sie derzeit nicht benutzen.«

»Warum nicht?«, wollte Bob wissen.

# KAPITEL ZWANZIG
# ZOMBIES ÜBERALL

»Kein Problem, die Jungs können einen meiner zwei Privatflieger nehmen«, erklärte Mau Ze Tot. »Ich nehme den anderen, um Hoka auf Haiti zu suchen.«

»Sie haben zwei Flieger?«, fragte Bob überrascht.

»Ich habe doch gesagt, der Baron hat mir sehr, sehr viel Geld dafür geboten, dass ich ihm das Geheimnis der Zombie-Beschwörung verrate. Es wird höchste Zeit, es ihm zurückzuzahlen.«

»Mach dir aber bitte keine Hoffnungen, dass der S.W.A.P. dir deine Kosten erstattet«, mischte sich Angela Steel ein.

»Keine Sorge, liebe Angela, das bezahle ich aus eigener Tasche«, entgegnete die Ninja-Kriegerin.

»Das ist ja ganz zauberhaft von dir, wirklich ganz, ganz zauberhaft, teuerste Mau«, erwiderte die Chefin des S.W.A.P. erleichtert. »Wir sind nämlich gerade ein bisschen knapp bei Kasse, weil wir unsere Shuttles wegen der Zombies nicht an Geschäftsleute vermieten können.«

Die Jungs wussten, dass der S.W.A.P. sich mit dem Shuttle-Verleih etwas Geld dazuverdiente. Sie waren selbst schon mit einem privaten Passagier gereist, als durch unzählige Vulkanausbrüche – hinter denen ebenfalls Baron von Funeral gesteckt hatte – weltweit der gesamte Flugverkehr zusammengebrochen war.

»Ich stelle dir bei Gelegenheit mal einen großzügigen Scheck aus, als Spende für den S.W.A.P., meine Liebe«, erklärte Mau Ze Tot.

»Das würdest du tun? Wie überaus zauberhaft von dir, teuerste Mau«, flötete die Chefin des S.W.A.P.

»Es wäre mir ein Vergnügen, allerliebste Angela«, flötete die Ninja-Kriegerin zurück.

Bob und Tim verdrehten nur die Augen. Beiden war klar, dass die zwei sich trotz all der Liebenswürdigkeiten, die sie sich gerade an den Kopf warfen, immer noch nicht leiden konnten.

»Wir fahren jetzt zum Flughafen«, beendete Mau Ze Tot das Gespräch schließlich.

»Und melde dich bitte, wenn es Neuigkeiten von Hoka gibt«, sagte Angela Steel. »Oder auch von Thomas.«

»Um den würde ich mir an deiner Stelle keine Sorgen machen, liebste Angela. Ich nehme an, er wird es einfach nicht mehr länger bei dir ausgehalten haben«, stichelte die Ninja-Kriegerin.

»Da sprichst du aus Erfahrung, nicht wahr, meine Teuerste? Wenn mich meine zauberhafte Erinnerung nicht trügt, hat er dich damals doch auch verlassen?«, stichelte die S.W.A.P.-Chefin zurück.

»Okay, es reicht!«, rief Bob dazwischen. »Wir haben eine Mission zu erledigen, und deswegen schlage ich vor, Sie beide klären das später untereinander.«

»Sehr gute Idee! Von uns aus können Sie sich dann um Snyder prügeln oder mit Ihren Atomisatoren duellieren oder beides. Das ist uns völlig egal, aber im Augenblick haben wir wirklich Wichtigeres zu tun«, bekräftigte Tim.

»Die Jungs haben recht, Angela«, lenkte Mau Ze Tot ein. »Lass uns das später klären.«

»Von mir aus gern. Aufgeschoben ist nicht aufgehoben, Mau!«, erwiderte Angela Steel. »Ich wünsche euch jedenfalls viel Glück. Selbst dir, Mau, weil ich Hoka mag. Ende und raus!«

Dann brach die Verbindung ab.

Weil ihr Chauffeur seinen freien Tag hatte, fuhr Mau Ze Tot die Jungs in ihrem Rolls-Royce selber zum Flughafen. Im Autoradio liefen die Nachrichten. Der Sprecher des Staatssenders warnte die Menschen davor, ihre Häuser zu verlassen. Den Grund dafür nannte er nicht, betonte aber mehrmals, dass die Gerüchte über angebliche Zombie-Sichtungen »erstunken und erlogen« seien und von ausländischen Mächten gestreut würden, um unter der chinesischen Bevölkerung Panik auszulösen.

»Seien Sie unbesorgt: In China gibt es keinen einzigen Zombie und wird es auch nie einen geben. Und jetzt zum Wetter ...«

Die Ninja-Kriegerin schaltete das Radio aus, und Bob, der mit Tim auf der geräumigen Rückbank saß, brummte: »Elender Lügner!«

»Wieso? Stimmt doch, was er sagt«, widersprach Tim. »Es gibt nicht einen einzigen Zombie. Es gibt Hunderte von denen.«

Die Jungs hatten nach dem fünfzigsten Zombie, den sie auf der Straße gesehen hatten, aufgehört zu zählen. Sie waren überall, während die Chinesen anscheinend tatsächlich der Empfehlung aus dem Rundfunk gefolgt waren. Normale Menschen entdeckten die Jungs durch die getönten Scheiben des Rolls-Royce jedenfalls keine.

Mau Ze Tot raste mit hohem Tempo durch die Straßen und bremste nicht einmal vor roten Ampeln. Und wenn sich einer der Zombies auf die Straße verirrte, umkurvte sie ihn elegant, ohne dabei die Geschwindigkeit des Wagens zu drosseln.

»In dem braunen Paket neben euch liegen ein paar trockene Sachen in eurer Größe. Die solltet ihr anziehen, damit ihr meine Polster nicht nass macht«, rief sie den Jungs nach hinten zu.

Bob riss das braune Packpapier auf und holte zwei schwarze Hosen und Jacken heraus.

»Das sind ja Ninja-Klamotten!«, stöhnte Bob. »Muss das sein?«

»Damit sehen wir genauso aus wie Hoka«, jammerte Tim.

»Von mir aus könnt ihr auch nackig nach Texas reisen, aber ich werde ganz bestimmt nicht zulassen, dass ihr mit euren feuchten Shorts meinen Wagen ruiniert«, entgegnete Mau Ze Tot unbeeindruckt. »Also macht schon! Ich guck auch nicht in den Rückspiegel, versprochen!«

Die Jungs schauten sich kurz an, dann griffen sie sich die trockenen Sachen und zogen sich auf der Rückbank des Wagens um.

»Immerhin ist in so einem Rolls-Royce genug Platz«, bemerkte Bob.

»Mehr als in eurem Wohnzimmer jedenfalls«, erwiderte Tim.

»Schon möglich. Dafür kann man sich bei uns wenigstens nicht verlaufen«, sagte Bob. »In eurer Villa liegen doch bestimmt auf jeder Etage drei Skelette von Besuchern rum, die den Ausgang nicht gefunden haben.«

»Zwei«, verbesserte Tim.

»Wie zwei?«, fragte Bob.

»Beim letzten Aufräumen hat man nur zwei Skelette gefunden, nicht drei.«

»Hört mal zu, ihr beiden Komiker da auf der Rückbank«, rief Mau Ze Tot nach hinten. »Wir sind gleich am Flughafen. Die Piloten wissen Bescheid und warten bereits mit laufenden Motoren auf uns. Wir werden nicht viel Zeit zum Verabschieden haben, deswegen sag ich jetzt schon: Alles Gute und passt auf die Zähne der Zombies auf! Ein Biss, und spätestens drei Stunden später seid ihr einer von denen. Und das für immer und ewig.«

»Gibt es denn gar kein Gegenmittel?«, fragte Tim.

»Ich kenne jedenfalls keines. Einmal Zombie, immer Zombie«, antwortete die Ninja-Kriegerin. »Achtung! Gut festhalten!«

Der Wagen hatte den Flughafen erreicht. Mau Ze Tot sparte sich die lästigen Formalitäten an der Kontrollschranke. Sie drückte noch einmal aufs Gas und durchbrach das Tor mit der Kraft von sechshundert Pferdestärken, die unter der Kühlerhaube des Rolls-Royce steckten.

Von den Sicherheitskräften des Flughafens war weit und breit sowieso niemand zu sehen. Tim vermutete, dass die sich längst davongemacht hatten, um ihre Familien in Sicherheit zu bringen. Durch die gläserne Fassade konnte er ins Innere des Flughafenterminals blicken. Auch dort irrten bereits Zombies herum, die entweder gerade mit einer der vielen Maschinen, die auf dem menschenleeren Flugfeld standen, gelandet waren, oder die die Seuche erwischt hatte, als sie abfliegen wollten.

»Das muss in den letzten Stunden krass schlimmer geworden sein«, sagte Bob.

»Reine Mathematik«, erklärte Tim. »Wenn du nur einen Zombie hast, kann der auch nur einen beißen. Dann sind es aber schon zwei, danach vier, acht, sechzehn, zweiunddreißig, vierundsechzig, einhundertachtundzwanzig, zweihundertsechsundfünfzig, fünfhundertzwölf, eintausendvierundzwanzig und so weiter und so sofort. Da ist man ruckzuck bei einer Million und mehr.«

»Mir reichen die paar, die ich hier sehe, voll und ganz.« Bob blickte aus dem Fenster. Auch er hatte die Zombies im Terminal entdeckt. Draußen auf dem Flugfeld konnte er jedoch zum Glück noch keine sehen.

Mau Ze Tot raste mit dem Rolls-Royce auf ihre beiden Learjets zu, die am Ende der Startbahn parkten. Vor den Flugzeugen standen zwei Männer, die bereits auf die Ninja-Kriegerin und die Jungs zu warten schienen. Mau Ze Tot trat erst in allerletzter Sekunde auf die Bremse. Der Royce stellte sich quer, und die Räder hinterließen zwei dicke schwarze Gummistreifen auf dem Asphalt. Als der Wagen zum Stehen gekommen war, rannten die Männer, die vor den Learjets gewartet hatten, auf den Rolls-Royce zu und rissen die Türen auf.

»Jetzt ab mit euch nach Texas, und ich schaue mich ein bisschen auf Haiti um. Vielleicht verrät mir mein alter Freund Baby Prince Jay Jay mehr als euch«, verabschiedete sich Mau Ze Tot. Dann stürmte sie auch schon die kleine Treppe hoch, die ins Innere ihres Fliegers führte. Alles ging so schnell, dass Bob und Tim tatsächlich keine Gelegenheit mehr hatten, sich von der Ninja-Kriegerin zu verabschieden und ihr Grüße an Hoka mit auf den Weg zu geben.

Bob und Tim staunten nicht schlecht, als sie das Innere des Fliegers betraten. Es gab ein ausladendes Sofa, mehrere bequeme Sessel, einen Glastisch, auf dem eisgekühlte Getränke und Sandwiches für die Jungs bereitstanden, eine Massageliege und einen 3-D-Fernseher, der eher an eine Kinoleinwand erinnerte.

»Gar nicht mal so übel«, bemerkte Tim.

»Nicht übel?! Das ist phänomenal«, erwiderte Bob. »So luxuriös sind wir noch nie gereist.«

»Du nicht«, entgegnete Tim. »Ich schon.«

»Mit dem S.W.A.P.?«, fragte Bob verblüfft.

»Nein, mit meinen Eltern.«

»Bitte setzen Sie sich hin und schnallen Sie sich an. Wir starten gleich«, ertönte eine Stimme aus dem Lausprecher. »Und bitte verzeihen Sie, dass wir heute nur eingeschränkten Service bieten können. Mein Kopilot, der Masseur, der Koch, die vier Stewardessen und der Schuhputzer sind heute leider verhindert, weil sie … na ja, sie fühlen sich nicht so gut. Ich hoffe, Sie werden Ihre Reise trotzdem genießen. In etwa drei Stunden haben wir unser Ziel in Texas erreicht.«

»Der sagt sogar ›Sie‹ zu uns«, bemerkte Bob, als er in einem der Sessel Platz nahm und den Sicherheitsgurt anlegte.

»Von wegen ›fühlen sich nicht so gut‹! Ich wette, die sind auch schon zu Zombies geworden.« Tim machte es sich auf dem Sofa bequem und schnallte den Gurt um. Dann schaltete er den riesigen Fernseher an und zappte durch die Programme. Aber ganz gleich, welchen Sender er auch einschaltete, überall liefen langweilige Naturdokus, schmalzige Liebesfilme oder die Wiederholungen uralter Fußballspiele.

# KAPITEL EINUNDZWANZIG
# PILOT MIT BISS

»Die Sender haben sich alle abgesprochen«, schimpfte Bob. »Kein Wort über die Zombies, die überall rumlaufen und Leute beißen.«

»Die wollen nur verhindern, dass Panik ausbricht«, erklärte Tim und holte das S.W.A.P.-Book heraus. »Meinst du, da zeigen die ausgerechnet jetzt im Fernsehen Zombie-Filme? Außerdem werden in Flugzeugen sowieso keine Katastrophenfilme gezeigt.«

»Noch fliegen wir aber ja nicht«, entgegnete Bob.

»Doch, tun wir.« Der Pilot war so sanft gestartet, dass die Jungs es gar nicht bemerkt hatten. Tim zeigte auf eines der Fenster, und Bob sah hinaus. Sie flogen bereits oberhalb der Wolken, weil der Jet schnell an Höhe gewonnen hatte.

»Vielleicht findest du über das Tablet ein paar Infos, was wirklich da draußen los ist«, schlug Bob vor.

Tim nickte und fuhr mit dem Finger über das Display.

»Nada! Rien! Im ganzen Internet findet sich nichts über Zombies. Außer ein paar Seiten von Verschwörungstheoretikern, aber denen glaubt ja sowieso keiner«, sagte Tim, nachdem er eine Weile durchs Netz gesurft war. »Interessant ist allerdings: Irgendwer hat alle Zombie-Filme gelöscht. Sogar aus den illegalen Tauschbörsen.«

Tim legte das S.W.A.P.-Book zur Seite und suchte auf dem Sofa nach einer bequemen Schlafposition.

»Was hast du vor?«, fragte Bob, der sich über die Snacks auf dem Tisch hermachte.

»Ich nutze die Zeit und schlafe eine Runde«, erklärte Tim. »Und das solltest du auch tun.«

»Das werde ich ganz bestimmt nicht«, erwiderte Bob und setzte sich eine 3-D-Brille auf, die vor ihm auf dem Tisch lag. »Da läuft jetzt eine spannende Doku über Erdmännchen. Das sind doch die Wappentiere des S.W.A.P. Das kann ich mir schließlich nicht entgehen lassen auf so einem Mega-Fernseher. Außerdem sind da noch ganz viele von diesen leckeren Butterbroten.«

»Das sind keine Butterbrote, das sind Sandwiches«, korrigierte Tim.«

»Für mich sind das Butterbrote. Willst du auch eins?«

»Nein danke! Aber weck mich, wenn wir da sind.«

»Aufwachen, Tim!« Bob rüttelte seinen Freund an der Schulter. Er hatte in den letzten drei Stunden sechs Tierdokus in 3-D gesehen und alle Sandwiches aufgegessen. Jetzt war ihm schlecht.

Aber das lag weniger an seinem übervollen Magen und den 3-D-Effekten auf dem Bildschirm, sondern vielmehr daran, dass der Jet seit einiger Zeit beunruhigende Schleifen und Wellen flog.

»Was ist denn los, Hoka?«, murmelte Tim verschlafen.

»Ha! Du hast von ihr geträumt!«, rief Bob.

»Von wem?«, fragte Tim, der langsam zu sich kam.

»Von wem wohl? Von Snyder bestimmt nicht«, erklärte Bob. »Du hast von Hoka geträumt.«

»Hab ich nicht«, leugnete Tim.

»Hast du wohl«, entgegnete Bob. »Aber das ist jetzt auch völlig egal, weil sie sich erstens irgendwann sowieso für mich entscheiden wird und zweitens irgendwas mit dem Flieger hier nicht stimmt.«

»Was soll denn mit dem Flieger nicht stimmen?« Tim warf einen Blick auf den leeren Teller. »Mal abgesehen davon, dass du alle Sandwiches aufgegessen hast.«

»Der fliegt schon seit einiger Zeit so komisch.«

»Geht das auch ein bisschen genauer?«

»Er fliegt immer rauf und runter und dann wieder ganz plötzlich nach rechts oder links«, sagte Bob und musterte Tim amüsiert. »Das muss ja ein toller Traum gewesen sein, wenn du davon gar nichts mitbekommen hast.«

»Warst du schon vorne beim Piloten?«, fragte Tim.

»Geht nicht, die Tür ist abgeschlossen. Und auf mein Klopfen hat er auch nicht geantwortet.«

»Vielleicht hatte er einen Herzinfarkt«, mutmaßte Tim. »Oder er ist ohnmächtig geworden.«

»Ich denke, in dem Fall dürfen wir die Tür aufbrechen, ohne dass Mau Ze Tot sauer wird, weil wir ihren Flieger kaputt gemacht haben.«

»Sie hat ja noch einen zweiten«, sagte Tim, der einen ruhigen Moment abwartete, um den Sicherheitsgurt zu lösen.

Die Jungs hatten das Cockpit fast erreicht, als plötzlich die Tür aufging. Vor ihnen stand ihr Pilot, der sie aus toten Augen anstarrte.

»Von wegen ›beim Rasieren geschnitten‹«, sagte Tim.

»Den hat ein Zombie gebissen, und jetzt ist er selber einer«, ergänzte Bob.

Die Jungs wichen Schritt um Schritt zurück, als der Zombie auf sie zugewankt kam.

»Und was machen wir jetzt?«, fragte Bob.

»Hau ihn weg«, flüsterte Tim.

Sie hatten mittlerweile die Rückwand der Kabine erreicht. Weiter zurück konnten sie nicht, und der Zombie kam immer noch näher.

»Ich prügle mich doch nicht mit dem«, erwiderte Bob. »Sonst werde ich ja selber noch zu einem.«

»Du sollst ihn mit dem Atomisator weghauen«, erklärte Tim. »Aber schieß bloß nicht daneben. Wenn du die Seitenwände triffst, stürzen wir alle gemeinsam ab.«

»Du kannst einem echt Mut machen.« Bob griff nach dem Atomisator. Er hielt ihn mit beiden Händen fest und zielte auf den Zombie-Piloten, der sie jetzt fast erreicht hatte.

Bob wollte gerade abdrücken, als der Jet begann, sich um die eigene Achse zu drehen. Die Jungs und der Zombie wurden in dem Flieger durcheinandergeschüttelt wie Lottokugeln in ihrer Lostrommel. Bob verlor den Atomisator aus der Hand, doch in dem ganzen Durcheinander wäre die Gefahr sowieso zu groß gewesen, mit dem Atomisator ein riesiges Loch in die Außenwand des Flugzeugs zu schießen.

Außerdem hatte Bob alle Hände voll damit zu tun, sich den Zombie-Piloten vom Leib zu halten. Der untote Pilot hatte sich mit weit aufgerissenem Mund auf ihn gestürzt, um ihn zu beißen. Mit beiden Armen stemmte sich Bob gegen den Körper des Zombies, der kräftiger war, als er erwartet hatte. Vielleicht lag es daran, dass es noch ein ganzer frischer Zombie war, schoss es Bob durch den Kopf. Vielleicht ließ die Kraft mit der Zeit nach. Vielleicht brauchte er nur etwas abzuwarten, bis er ihn mit Leichtigkeit abschütteln konnte.

Tim lag ein paar Meter entfernt auf dem Boden. Seine Rippen schmerzten fürchterlich. Bei den Turbulenzen war er genau auf die Stelle gefallen, an der ihn bereits Bob und Mau Ze Tot getroffen hatten. Fieberhaft überlegte er, was zu tun war. Sie mussten den

Zombie außer Gefecht setzen, sonst würden sie alle mit dem Flieger abstürzen. Einfach auszusteigen, wie sie es in der Gondel gemacht hatten, war bei einer Flughöhe von fünftausend Metern ohne Fallschirm keine wirkliche Alternative. Tim versuchte aufzustehen, um seinem Freund zu Hilfe zu kommen. Aber die Schmerzen waren zu groß. Da entdeckte er den Atomisator, der nur eine Armlänge von ihm entfernt lag. Tim streckte seine rechte Hand aus, ohne dabei seinen Freund aus den Augen zu lassen. Bob wehrte sich weiter gegen den Zombie, dessen Kraft und Energie noch immer ungebrochen schienen. Tim hatte den Atomisator jetzt erreicht. Er nahm ihn in beide Hände, genau wie Bob es vorher getan hatte, und wartete auf den Moment, in dem sowohl der Jet als auch Bob und der Zombie für eine winzige Millisekunde zur Ruhe kamen.

Tim schlug seine Augen wieder auf. Von dem Zombie-Piloten war nichts mehr zu sehen. Bob stand am anderen Ende der Kabine, und auch die Außenwände des Fliegers schienen keinen Schaden genommen zu haben. Doch das hatte Tim auch schon mit geschlossenen Augen gewusst. Bei einem Loch in der Flugzeugwand wäre es zu einem plötzlichen Druckabfall gekommen, der die Freunde sofort ins Freie gesaugt hätte. Dass sie beide noch lebten, bewies, dass der Jet unversehrt geblieben war.

»Du kannst dich ruhig mal für meinen Meisterschuss bedanken.« Tim hatte sich mit dem Atomisator in der Hand stöhnend aufgerappelt und stand jetzt vor seinem Freund. Er musste sich festhalten, um nicht umzufallen, weil der Flieger immer noch führungslos hin und her schlingerte.

»Danke«, sagte Bob. »Obwohl das ganz bestimmt kein Meisterschuss war, sondern einfach nur riesengroßes Glück. Das war total leichtsinnig von dir! Was starrst du mich überhaupt so an?«

»Ich will nur gucken, ob er dich gebissen hat. Sonst müsste ich dich auch atomisieren«, erwiderte Tim, während er den Körper seines Freundes nach Bisswunden oder Kratzern scannte.

»Das dürfte dir schwerfallen.« Bob zeigte auf ein rotes Lämpchen, das an der Waffe leuchtete. »Der Akku ist nämlich alle. Aber du kannst ganz beruhigt sein. Er hat mich nicht gebissen.«

»Und du ihn doch wohl hoffentlich auch nicht«, wollte Tim wissen. »Man weiß so wenig über Zombies, und vielleicht läuft die Ansteckung ja auch andersrum.«

»Er hat mich nicht gebissen, und ich habe ihn nicht gebissen«, erklärte Bob genervt. »Und jetzt lass uns versuchen, den Flieger wieder zu stabilisieren.«

»Kannst du so ein Teil denn fliegen?«

»Das weiß ich, wenn wir sicher gelandet sind.« Bob lief durch die offene Tür ins Cockpit und setzte sich auf den Pilotensitz.

Tim, der ihm gefolgt war, ließ sich auf dem Platz des Kopiloten nieder. Dann legten sie beide ihre Gurte an.



»Und? Weißt du, was du machen musst?«, fragte Tim.

»Ist gar nicht so schwer«, antwortete Bob. »Wenn ich den Steuerknüppel hier nach vorne drücke, geht es abwärts. Wenn ich ihn auf mich zuziehe, fliegen wir nach oben. Der Rest ist auch nicht anders als beim Autoskooter-Fahren.«

Tim zuckte kurz zusammen, weil er sich an ihren letzten gemeinsamen Jahrmarktbesuch erinnerte. Das war vor ihrer Zeit beim S.W.A.P. gewesen, und Bob hatte immer wieder mit größtem Vergnügen die anderen Autoskooter gerammt.

»Schau mal im S.W.A.P.-Book nach, wo wir genau hinmüssen«, forderte Bob seinen Freund auf.

»Ist gar nicht mehr weit«, antwortete Tim, als er ihre Position auf dem Tablet bestimmt hatte. »Der Friedhof liegt direkt hinter der Wüste, über der wir uns gerade befinden. Du müsstest dich ein bisschen weiter westlich halten.«

»Geht nicht«, erwiderte Bob, nachdem er versucht hatte, den Steuerknüppel nach links zu drehen.

»Wieso geht das nicht?«

»Keine Ahnung.« Bob drehte den Kopf, um durch das Pilotenfenster nach hinten schauen zu können.

»Hast du eigentlich stark abgedrückt, als du mit dem Atomisator geschossen hast?«, erkundigte sich Bob.

»Nein, ich habe ihn nur ganz leicht angetippt«, antwortete Tim. »Warum fragst du?«

Auf unsere rechte Tragfläche!

# KAPITEL ZWEIUNDZWANZIG
## DURCH DIE WÜSTE

»Ich habe mich schon gewundert, warum die Maschine so schwer zu lenken ist«, sagte Bob.

»Und? Was machen wir jetzt?«, fragte Tim.

»Wir machen gar nichts«, antwortete Bob. »Du machst was! Du kletterst da raus und schubst ihn von unserem Flugzeug runter.«

»Warum ich?«

»Weil du ihn dahin geschossen hast.«

»Weil er dich sonst gebissen hätte.«

»Ich hatte die Situation völlig unter Kontrolle.«

»Hattest du nicht.«

»Hatte ich wohl.«

»Stopp, stopp, stopp! So kommen wir nicht weiter. Welche Möglichkeiten haben wir sonst noch?«, wollte Tim wissen.

»Nicht viele. Wenn wir unseren blinden Passagier nicht loswerden, müssen wir notlanden. So lässt sich der Flieger unmöglich vernünftig steuern«, erklärte Bob.

Tim gab erneut ein paar Daten in sein Tablet ein.

»Dann lass uns das machen! So weit ist es nicht mehr. Sicher ist sicher.«

»Ich habe nicht behauptet, dass so eine Notlandung sicher ist«, erwiderte Bob.

»Versuchen müssen wir es trotzdem«, erklärte Tim. »In der Wüste ist es flach, da stehen unsere Chancen nicht so schlecht, das Ganze auch zu überleben.«

»Und was ist mit dem Zombie?«

»Auf den können wir dabei leider keine Rücksicht nehmen.«

Bob ließ seine Fingerknochen knacken und schob dann den Steuerknüppel sanft nach vorne. Die Spitze des Jets neigte sich nach unten, und der Flieger verlor schnell an Höhe.

»Das klappt ja prima«, freute sich Tim.

»Hier klappt überhaupt nichts prima. Wir sinken viel zu schnell«, widersprach Bob und schaute noch einmal durch das Fenster nach hinten. »Dachte ich's mir doch! Der Zombie ist nach hinten geklettert und hockt jetzt auf dem Höhenruder.«

»Und wenn er da nicht weggeht?«

»Dann rammt es uns senkrecht in den Wüstenboden.«

Tim warf einen kurzen Blick auf die Instrumententafel, dann nahm er den leeren Atomisator und schlug damit auf die Scheibe ein.

»Was hast du vor?«, fragte Bob.

»Ich will den Zombie verscheuchen«, erklärte Tim. »Wir fliegen jetzt schon so tief, dass der Luftdruck draußen derselbe ist wie hier drinnen. Da macht es nichts, wenn das Glas kaputtgeht.«

Nach dem zehnten Schlag zeigten sich erste Risse in der Scheibe, doch erst als Bob seinem Freund den Atomisator aus der Hand nahm und damit fünf Mal kräftig gegen das Glas schlug, zersplitterte es in tausend Stücke, und ein eisiger Wind fuhr in die Kabine. Tim lehnte sich weit aus dem Fenster des Cockpits und brüllte, so laut er konnte: »Hau ab da! Verschwinde! Gehst du wohl weg!«

»Das ist doch keine Taube, die man vom Fensterbrett verjagt«, schrie Bob.

»Stimmt! Funktioniert aber trotzdem«, rief Tim. »Er hat das Höhenruder verlassen. Das ist die gute Nachricht. Die schlechte ist, er klettert jetzt genau auf unser Cockpit zu.«

Bob interessierte nur die erste Nachricht. Er zog den Steuerknüppel zu sich heran und schaffte es, die Spitze des Jets wieder etwas nach oben zu ziehen. Trotzdem gelang es ihm immer noch nicht, den Flieger zu stabilisieren.

»Es könnte sein, dass das hier gnadenlos schiefgeht«, brüllte Bob, während die Jungs weiter Richtung Erde rasten. »Deswegen muss ich dir unbedingt noch was gestehen. Vor etwa einem Jahr haben wir mal am Computer gedaddelt! Und als du kurz aufs Klo bist, da habe ich das Spiellevel gesenkt, um mehr Punkte zu machen. Dafür wollte ich mich schon lange bei dir entschuldigen, und das ist hier vielleicht die allerletzte Gelegenheit dazu.«

»Und ich, ich habe mal – da waren wir in der 5. Klasse – heimlich die Luft aus deinen Reifen gelassen, weil du beim Radfahren immer schneller warst als ich. Tut mir echt leid«, schrie Tim.

Bewusstlos hingen die Jungs in den Gurten ihrer Pilotensitze. Durch die zersplitterten Scheiben der zerbeulten Maschine rieselte Sand ins Cockpit. Bob kam als Erster wieder zu sich und stellte erleichtert fest, dass er unverletzt geblieben war. Er löste den Gurt und beugte sich zu Tim hinüber. Bis auf ein paar Schrammen im Gesicht sah auch sein Freund ganz gesund aus.

»Wach auf! Wir müssen raus hier!«, versuchte er Tim zu wecken.

Vergeblich.

Bob packte Tims Handgelenk. Der Puls seines Freundes schlug kräftig und regelmäßig. Er öffnete Tims Gurt und zog ihn aus dem Cockpit in den hinteren Teil des Flugzeugs. Bei ihrem Absturz war eine Tragfläche abgerissen und hatte ein Loch in der Kabine hinterlassen, die voller Rauch war. Irgendwo schien ein Feuer ausgebrochen zu sein. Bob zerrte Tim an den Flammen vorbei durch die Öffnung ins Freie und schleppte ihn dann noch ein paar Meter weiter, bis er sicher war, dass sie weit genug von dem brennenden Learjet entfernt waren.

»Musst du so einen Lärm machen?« Die Explosion des Fliegers hatte Tim aus seiner Bewusstlosigkeit gerissen.

»Müssen muss ich gar nichts. Schon gar nicht dir das Leben retten«, erwiderte Bob.

»Echt?«

»Echt! Du warst ohnmächtig, und ich habe dich aus dem Jet gerettet, bevor der in die Luft geflogen ist.«

»Das soll bei einem Flieger ja nicht so ungewöhnlich sein.«

»Schön, dass du schon wieder schlechte Witze reißen kannst.«

»Und noch schöner, dass es nicht umgekehrt war.«

»Warum?«

»Na, weil ich dich nie rechtzeitig dort rausbekommen hätte«, erklärte Tim. »Bei deinem Gewicht!«

»Ich hätte dich doch im Cockpit sitzen lassen sollen«, entgegnete Bob.

»Und warum hast du es nicht getan?«

»Weil du das S.W.A.P.-Book in der Tasche hast. Schau mal nach, wo wir hinmüssen.«

Tim holte das Tablet heraus und wischte über das Display.

»Dieser geheimnisvolle Zombie-Friedhof ist gar nicht weit von hier«, sagte Tim, nachdem er ihren Standort ermittelt hatte.

»Was heißt das genau?«, hakte Bob nach.

»Genau zwanzig Kilometer«, präzisierte Tim.

»Die wir jetzt durch die Wüste latschen müssen«, brummte Bob.

»Wusstest du eigentlich, dass man diese Wüste hier die Chihuahua-Wüste nennt? Wie diese süßen kleinen Hunde.«

»Ich mag die nicht.«

»Warum nicht?«

»Weil die genauso aussehen wie Ratten, und ich mag keine Ratten, das weißt du doch. Alles klar bei dir? Kannst du laufen?«

»Ich denke schon«, erwiderte Tim. »Sonst musst du mich tragen.«

»Vergiss es! Nicht, dass ich das nicht könnte. Aber warum sollte ich jemand durch die Wüste schleppen, der mir die Luft aus dem Reifen lässt?«

»Das muss gerade der sagen, der mich beim Computerspielen beschissen hat.«

»Ich schlage vor, wir sind quitt.« Bob reichte Tim die Hand, um seinem Freund beim Aufstehen zu helfen. »Auch, was Hoka angeht.«

»Einverstanden«, sagte Tim und griff nach dem ausgestreckten Arm seines Freundes. Mit einem Ruck zog Bob ihn auf die Füße.

»Aua! Geht es vielleicht ein bisschen vorsichtiger?«

»Klar, aber dann macht es nicht so viel Spaß«, entgegnete Bob. »Komm schon, wir haben noch was zu erledigen.«

Die Jungs liefen an dem brennenden Flugzeugwrack vorbei in die Richtung, die ihnen das S.W.A.P.-Book anzeigte. Vor ihnen erstreckte sich eine Wüstenlandschaft. Die Jungs waren bei ihrer Rückkehr aus dem All mit ihrer Raumkapsel schon einmal in einer Wüste gelandet. Doch diese Wüste hier unterschied sich deutlich von der, die sie bei ihrer letzten Mission kennengelernt hatten. Hier gab es keine endlosen Sandebenen, dafür zahllose mannshohe Kakteen und große rote Felsen. Bob und Tim hatten großes Glück gehabt, dass sie mit ihrem Jet so weich gelandet waren.

»Wo ist eigentlich unser Freund?«, fragte Tim.

»Welchen unserer vielen Freunde meinst du?«, fragte Bob zurück.

»Ich meine den Piloten-Zombie, der auf unserer Tragfläche gehockt hat.«

»Weil du ihn dahin geschossen hast.«

»Weil du sonst auch einer geworden wärst.«

»Ich glaube, dem geht es so weit ganz gut.« Bob zeigte auf einen Sandhügel, aus dem zwei zappelnde Beine in einer Pilotenhose herausragten.

»Die Zombies sind auch nicht mehr das, was sie mal waren. Kaum gibt es Probleme, stecken sie den Kopf in den Sand«, sagte Tim.

»Da, wo wir hingehen, gibt es wahrscheinlich Zombies wie Sand am Meer.«

»Dann können wir nur hoffen, dass unsere Mission nicht im Sande verläuft«, erwiderte Bob.

»Oder uns jemand Sand in die Augen streut.«

»Zum Beispiel das Sandmännchen.«

Nachdem sie bereits eine halbe Stunde gelaufen waren, drehte sich Tim noch einmal um. Eine schwarze Rauchsäule, die senkrecht in den Himmel stieg, markierte die Absturzstelle, die schon weit weg zu liegen schien. Aber das konnte täuschen. In Regionen wie diesen war es schwierig, Entfernungen zu schätzen, das wusste Tim. Er vermutete, dass sie gerade mal drei Kilometer zurückgelegt hatten. Drei von zwanzig. Tim war jetzt schon am Ende seiner Kräfte. Der Absturz hatte ihm und auch Bob mehr zugesetzt, als sie beide zugeben wollten. Außerdem war es heiß. Tim hatte Durst, und jeder Muskel seines Körpers schien ihn anzubetteln, sich hinzulegen und eine ganze Woche lang gar nichts zu tun.

Bob ging es nicht viel besser, das sah Tim, als er seinen Freund von der Seite betrachtete. Und das schienen auch die drei Geier zu erkennen, die schon seit einiger Zeit über ihnen kreisten.

»Na, geht doch! Und ich war mir ziemlich sicher, dass du keine Ahnung hast, was eine Regenschattenwüste ist. Eine Regenschattenwüste ist eine Wüste, die fast vollständig von Bergen umgeben ist. An den Bergen regnen sich die Wolken ab, und deswegen ist es in der Wüste so trocken. Ist doch logisch, oder?«

»Woher zum Teufel weißt du all dieses Zeug?«, fragte Bob.

»Weil ich so unglaublich, unfassbar klug und allwissend bin ... und weil ich es gerade im S.W.A.P.-Book gelesen habe.« Tim grinste. »Und jetzt lass uns aus dieser Regenschattenwüste verschwinden, bevor mein *Big Brain* endgültig austrocknet.«

Die Jungs folgten dem Richtungspfeil, mit dem das S.W.A.P.-Book ihnen den Weg wies. Die einzigen Lebewesen, die sich außer den drei kreisenden Geiern über ihren Köpfen blicken ließen, waren eine Klapperschlange und ein paar Skorpione, die in der Hitze träge auf den heißen Felsen hockten.

»Ist das eine öde Gegend«, stöhnte Bob.

»Lass uns die Zentrale anrufen«, schlug Tim vor.

»Und was soll das bringen? Die können uns auch nicht helfen.«

»Nein, aber es macht Spaß, Snyder oder die Chefin ein bisschen zu ärgern. Was meinst du, was da los ist, wenn wir denen erzählen, dass der Flieger Schrott ist und Mau Ze Tot den S.W.A.P. auf Schadenersatz verklagen wird.«

»Das klingt wirklich nach einer Menge Spaß! Darf ich? Bitte! Bitte!«, bettelte Bob.

»Von mir aus«, entgegnete Tim großzügig. »Aber übertreib es nicht! Denk dran, Angela und Snyder sind auch nicht mehr die Jüngsten. Sonst kriegen die noch einen Herzinfarkt.«

»Hallo, Zentrale, wir sind's!« Als niemand antwortete, drehte sich Bob zu Tim um. »Anscheinend niemand zu Hause. Nicht mal der Anrufbeantworter geht ran.«

# KAPITEL DREIUNDZWANZIG
# STADT DER TOTEN

»Probiere es einfach noch mal«, forderte Tim seinen Freund auf.

»Hallo, Zentrale! Wir sind hier! Wo seid ihr?«, meldete sich Bob ein zweites Mal.

»Vor dem Aufzug, wo denn sonst?!«, erwiderte Otto über Bobs Mikrokopfhörer. »Passt aber gerade ganz schlecht. Wilfried macht Ärger.«

»Wer ist Wilfried?«, wollte Bob wissen.

»Na, unser Zombie natürlich. Ich habe ihn Wilfried getauft. Ich wusste nicht, wie sein richtiger Name ist. Und sagen konnte er ihn mir ja schlecht. Jetzt hockt Wilfried in der Aufzugskabine und macht einen Riesenradau. Irgendwie habe ich den Eindruck, dass Bananen ihn ein ganz klein wenig aggressiv machen. Also, falls ihr unterwegs auf Zombies trefft, füttert sie auf keinen Fall mit Bananen.«

»Wie ist der denn ...«

»Bitte sag nicht einfach nur ›der‹ zu ihm«, unterbrach Otto. »Nenn ihn Wilfried, sonst kränkst du ihn.«

»Wie ist Wilfried«, fuhr Bob gereizt fort, »überhaupt an die Bananen rangekommen?«

»Die habe ich ihm im Rahmen meiner vegetarischen Diätexperimente gegeben«, erklärte Otto. »Scheinen ihm aber, wie gesagt, nicht besonders gut bekommen zu sein.«

»Und wo steckt Snyder?«, mischte sich Tim in das Gespräch ein.

»Der ist weg, um Hoka zu suchen«, erwiderte Otto.

»Und wo ist die Chefin?«, fragte Bob.

»Die ist weg, um Snyder zu suchen. Ich bin ganz allein hier und lass den Zombie im Aufzug immer rauf- und runterfahren. Vielleicht beruhigt ihn das ein bisschen.«

»Na dann, viel Glück dabei«, wünschte Bob, und auch Tim verabschiedete sich, weil ihm klar war, dass sie von S.W.A.P. 0815 keine brauchbaren Informationen erhalten würden, solange er mit Wilfried beschäftigt war.

»Euch auch!«, erwiderte Otto, und dann hörten die Jungs ihn wieder mit Wilfried reden: »Ganz brav, mein Guter. Magst du vielleicht ein feines Plätzchen? Ich habe hier ein paar ganz, ganz leckere Plätzchen für dich!«

Als Antwort ertönte nur ein so lautes Fauchen, dass sich die Jungs schnell ihre Mikrokopfhörer aus den Ohren rissen.

Fast beneidete Tim S.W.A.P. 0815, weil der es nur mit einem einzigen Zombie zu tun hatte. Bob und er würden schon sehr bald auf einem gottverlassenen Friedhof einer Armee von Untoten gegenüberstehen. Die Geisterstadt, zu der das geheimnisvolle Gräberfeld gehörte, lag jetzt direkt vor ihnen in einer Senke. Sie hatten den Rand der Wüste erreicht und brauchten bloß noch in das Tal hinunterzulaufen. Von hier oben hatten sie einen guten Blick auf die alte Westernstadt. Es gab nur eine einzige Straße, an der rechts und links etwa zwei Dutzend Gebäude standen. Aus der Ferne konnte Tim einen Saloon ausmachen, ein Hotel, ein Friseurgeschäft, das Haus des Sheriffs, einen Krämerladen, eine Schmiede mit angrenzendem Stall, einen Bestatter und einen kleinen Bahnhof, auf dessen Schienen schon seit Ewigkeiten kein Zug mehr gefahren war. Menschen waren aus der Entfernung keine zu sehen. Zombies allerdings auch nicht.

»Ja, sieht aber nur so aus«, entgegnete Tim.

»Das wissen wir erst, wenn wir da runtergehen.« Bob ließ abenteuerlustig seine Fingerknochen knacken.

»Habe ich dir eigentlich schon mal gesagt, dass mir dein Knöchelknacken tierisch auf die Nerven geht?«, fragte Tim.

»Und mir stinkt es schon lange, dass du ständig an deinen Ohren rumrubbelst, ohne dass was Vernünftiges dabei herauskommt«, entgegnete Bob beleidigt.

»Jetzt ist allerdings was Vernünftiges dabei herausgekommen«, sagte Tim.

»Da bin ich aber neugierig.«

»Wir gehen da runter und schauen uns ein bisschen um«, erklärte Tim. »Dann wissen wir, ob Mau Ze Tot uns hier nur hergeschickt hat, damit wir ihr woanders nicht im Wege sind.«

In der Geisterstadt fühlten sich Bob und Tim, als wären sie in einem Westernfilm gelandet. Jeden Moment erwarteten die Jungs eine Gruppe Cowboys, die auf Pferden die Straße entlangstürmten und dabei wild mit ihren Revolvern in die Luft feuerten. Doch das Einzige, was sie hörten, war das Pfeifen des Windes und das Klappern kaputter Fenster und Türen.

Die Jungs hatten die Stadt schon fast durchquert, als sie in ihrem Rücken plötzlich ein lautes Fauchen hörten.

Bob und Tim drehten sich um. Vor ihnen stand nicht ein Zombie, wie sie es erwartet und befürchtet hatten. Vor ihnen standen Hunderte von Untoten, die mit schleppenden Schritten und ausgestreckten Armen auf sie zugewankt kamen und dabei fürchterliche Geräusche ausstießen.



»Hallo, schönes Wetter heute«, begrüßte Bob die Zombie-Armee,

während er langsam vor den Untoten zurückwich. »Aber das ist es wahrscheinlich immer, wenn man so dicht an einer Wüste lebt. Obwohl, schönes Wetter ist ja auch relativ. Wenn ich hier wohnen würde, wäre für mich wahrscheinlich so ein verregneter Tag richtig schönes Wetter. Da, wo wir herkommen, schüttet es manchmal tagelang. Das können Sie sich bestimmt gar nicht vorstellen, wie es da regnet. Wochenlang!«

»Was soll der Quatsch?«, zischte Tim seinem Freund zu.

»Ich versuche, sie abzulenken«, flüsterte Bob zurück. »Damit sie sich nicht sofort auf uns stürzen, sondern einen Moment stehen bleiben, damit du in Ruhe überlegen kannst, was wir jetzt machen.«

»Klappt ja auch super.« Tim deutete auf die Zombies, die sich von Bobs Gerede nicht ablenken ließen und unbeirrt weiter auf die Jungs zumarschierten.

»Ich habe ihre Schwächen analysiert und daraus wichtige Schlüsse gezogen. Das ist überhaupt der einzige Weg zum Sieg: Studiere die Schwächen deines Gegners und nutze sie«, erklärte Tim.

»Da bin ich aber mal gespannt.«

»Die Zombies sind langsam, und wir sind schnell, schneller als die jedenfalls. Was folgt daraus?«

»Keine Ahnung! Ich bin mir jedoch ziemlich sicher, du sagst es mir gleich. Aber beeil dich!«

»Ist doch ganz einfach: Wir nutzen ihre Schwäche gnadenlos aus und rennen weg. Und das, so schnell wir können!«

Bob und Tim drehten sich um und sprinteten los. Am Ende der Straße war der Friedhof, den Tim schon von dem Hügel aus gesehen und von dem auch Mau Ze Tot gesprochen hatte. Während die Jungs darauf zurannten, versuchte Tim seine Gedanken zu ordnen. Hokas Mutter hatte recht gehabt. Dieser Ort musste für die Untoten eine ganz besondere Bedeutung besitzen, sonst würde es in diesem Kaff nicht so viele von ihnen geben. Vielleicht befanden er und Bob sich tatsächlich im Zentrum des Zombie-Universums. Vielleicht hatten die Untoten hier am Arsch der Welt nur darauf gewartet, dass irgendwer sie erweckte. Vielleicht war dieser Jemand ein alter Bekannter von ihnen. Vielleicht wusste Mau Ze Tot mehr über Baron von Funeral, als sie zugegeben hatte. Vielleicht steckte er doch hinter dieser ganzen Zombie-Geschichte. Tim rieb sich während des Laufens das Ohrläppchen, um sich besser konzentrieren zu können, denn das waren eine ganze Menge Vielleichts, und vielleicht war ja alles auch ganz anders.

»Guck mal, ein Begrüßungskomitee! Wie nett!« Es war Bob, der Tim aus seinen Gedanken riss.

Sie hatten den Friedhof erreicht. Auch rund um die verwitterten Grabsteine waren überall Zombies, die die Jungs neugierig anglotzten. Tim schätzte ihre Zahl auf mindestens fünfzig. Dazu noch die etwa hundert, die ihnen auf den Fersen waren, und als wenn das nicht reichen würde, krochen aus den Gräbern bereits weitere Untote hervor, die sich mit ungelenken Armbewegungen die staubige Erde von ihren zerrissenen Kleidern klopften.

»Sieht ganz so aus, als wären wir umzingelt«, bemerkte Bob und zeigte auf die Zombies, die einen Kreis um die Jungs gebildet hatten und immer näher kamen.

»Das wäre dann jetzt dein Part, du *Faust*«, entgegnete Tim. »Mit der Kraft meiner Gedanken werde ich die wohl nicht aufhalten können.«

»Das ist mal wieder typisch«, zischte Bob. »Kaum wird es richtig gefährlich, kneift Mister *Big Brain*, und die ganze Verantwortung bleibt an mir hängen.«

Die Jungs standen mittlerweile Rücken an Rücken und bewegten sich in kleinen Schritten dorthin, wo der Belagerungsring der Zombies nicht ganz so dicht aussah. Doch kaum hatten sie die Stelle erreicht, waren bereits weitere Zombies aus ihren Gräbern gestiegen und füllten die Lücke.

»★☢✲☠≋#🗡! So viele Menschen haben in diesem winzigen Kaff doch niemals gelebt«, flüsterte Bob. »Wo kommen die plötzlich alle her?«

»Das hat doch vorhin schon nicht geklappt. Genauso wenig wie dein Studiere-die-Schwäche-deines-Gegners-Blödsinn.« Bob schlug eine Zombie-Hand weg, die nach ihm gegriffen hatte.

Überrascht wichen die Untoten einen Schritt zurück. Doch ihre Verwunderung hielt nicht lange an, dann schlossen sie den Kreis um die zwei Freunde wieder enger, die immer noch Rücken an Rücken zwischen den Gräbern standen und versuchten, den Untoten auszuweichen.

Mittlerweile waren die Zombies ihnen schon so dicht auf die Pelle gerückt, dass die Jungs Unterschiede zwischen ihnen erkennen konnten. Es gab junge und alte Zombies, Männer und Frauen, hässliche und nicht ganz so hässliche. Was sie alle gemeinsam hatten, war der leere Blick, mit dem sie die Jungs anstarrten.

»Mir tun die trotzdem leid«, flüsterte Bob. »Ich meine, die werden uns gleich zerfleischen. Aber dafür kann man ihnen echt keinen Vorwurf machen. Sind halt Zombies!«

»Und wir auch bald, wenn nicht noch ein Wunder geschieht«, erwiderte Tim.

Der Ring der Untoten hatte sich mittlerweile so eng um sie geschlossen, dass sie den fauligen Atem der Zombies riechen konnten.

»Was denn für ein Wunder?«

»Na, wenn Snyder, die Chefin, Mau Ze Tot und Hoka plötzlich auftauchen würden, um uns hier rauszuhauen.«

»Träum weiter«, entgegnete Bob. »Die werden nicht kommen, und wir … na ja, wir werden wenigstens nicht sterben. Also nicht so richtig und endgültig. Das ist doch auch schon was, oder?«

Tim wollte seinem Freund gerade antworten, dass er die Aussicht, als Untoter zu enden, für nicht ganz so tröstlich hielt wie Bob, als plötzlich ein lautes Pfeifen ertönte. Es war das Pfeifen einer alten Dampflokomotive, die mit hoher Geschwindigkeit auf die alte Westernstadt zuraste.

Die Zombies drehten sich zu dem schrillen Geräusch um, und es entstand eine winzige Lücke in ihrem Belagerungsring. Bob nutzte den Moment und zog Tim über eines der Gräber darauf zu. Sie waren gerade drei Schritte gelaufen, als die Erde unter ihnen nachgab und die Jungs in die Tiefe stürzten.

## KAPITEL VIERUNDZWANZIG
## UNTER TAGE

»Wo sind wir?«, fragte Tim.

»Keine Ahnung, aber es wäre furchtbar nett, wenn du von mir runtergehst«, antwortete Bob.

»Und ich hatte mich schon gewundert, warum ich so weich gelandet bin.«

»Und ich hatte mich schon gewundert, was da so schwer auf mir gelandet ist.«

»Entschuldige, war keine Absicht.«

»Entschuldigung angenommen.«

»Und jetzt mach endlich das S.W.A.P.-Book an, damit wir hier unten was sehen können.«

Tim schaltete das Tablet ein und leuchtete mit dem Display in den Stollen hinein, in den sie gestürzt waren. Es war ein schmaler Gang, der alle paar Meter von ein paar Holzbalken abgesichert wurde. Bob legte seinen Kopf in den Nacken und schaute nach oben. Durch das Loch, in das sie hineingestürzt waren, fiel ein wenig Licht von oben herein, das sich aber schon auf der Hälfte des Schachts verlor und gar nicht erst den Boden der Grube erreichte. Ein paar der Zombies hatten sich über das Loch gebeugt und schauten neugierig hinunter. Bob glaubte nicht, dass sie die Jungs von dort oben sehen konnten. Sonst hätten sie sich bestimmt längst hinuntergestürzt.

»Sieht aus wie ein altes Bergwerk«, bemerkte Tim. »Lass uns mal gucken, wo der Stollen hinführt.«

»Das kann ich mir schon denken«, erwiderte Bob.

»Was kannst du dir denken?«, fragte Tim.

»Wo der hinführt. Mittenrein in die nächste Katastrophe.«

»Bingo Flamingo. Damit dürftest du ausnahmsweise mal recht haben.«

Mit dem Tablet in der Hand ging Tim voraus und leuchtete ihnen den Weg. Der Stollen führte leicht bergab und war so eng, dass die Jungs nur hintereinanderlaufen konnten.

»Und was haben die hier abgebaut?«, wollte Bob wissen.

»Zombies«, antwortete Tim. »Die haben hier Zombies ausgegraben und dann zu Spitzenpreisen in alle Welt verschifft.«

»Meinst du echt?«, fragte Bob.

»Natürlich nicht!«, entgegnete Tim. »Woher soll ich wissen, wonach die hier gegraben haben?! Kohle, Gold, Uran, Eisen, Silber. Irgendwas, das wertvoll ist. Keine Ahnung, was.«

»Sag das bitte noch mal.«

»Was?«

»Dass du keine Ahnung hast. Allein dafür hat sich unser Zombie-Abenteuer schon gelohnt: dass der größte Klugscheißer aller Zeiten zugibt, keine Ahnung zu haben.«

Der Stollen hatte sich etwas verbreitert, sodass Bob nun neben seinem Freund laufen konnte. Tim nutzte die Gelegenheit, um Bob seinen Ellenbogen in die Seite zu rammen. Bob stieß sofort zurück und erwischte erneut die Stelle, an der er Tim schon einmal getroffen hatte.

»Aua! Spinnst du?!«, fauchte Tim.

»Du hast angefangen!«, fauchte Bob zurück.

»Habe ich nicht!«

»Hast du doch!«

»Halt mal bitte für einen Moment die Klappe und schau nach vorne. Da wird es hell.«

Am Ende des Stollens schimmerte ein Licht. Als die Jungs näher kamen, erkannten sie, dass es eine der Petroleumleuchten war, die im Gegensatz zu den anderen Lampen unversehrt und – was Tim noch merkwürdiger vorkam – mit ausreichend Brennstoff gefüllt war.

Direkt unter der Lampe stand eine Lore. Irgendjemand hatte den kleinen Waggon an einem Prellbock geparkt, der das Ende oder den Anfang einer schmalen Schienenstrecke zu markieren schien, die in den dunklen Stollen hineinführte.

»Wieso fährt denn hier unten eine Eisenbahn? Hier will doch keiner hin«, fragte Bob erstaunt.

»Das ist ja auch nicht zum Transport von Menschen gedacht. Darauf hat man damals das Zeug abtransportiert, das hier abgebaut wurde.«

»Und wo führen die Schienen hin?«

»Wahrscheinlich nach draußen, wohin sonst?!«

»Wie praktisch, da wollte ich auch gerade hin. Alles einsteigen!« Bob kletterte in die Lore und sah Tim erwartungsvoll an. »Worauf wartest du noch?«

»Hast du nicht zugehört?! Ich hatte doch gesagt, diese Dinger sind nicht für den Transport von Menschen gedacht.«

»Jetzt sei doch nicht so kleinkariert und komm endlich an Bord! Die Schienen führen uns nach draußen, hast du selbst gesagt. Sonst würden die ja auch gar keinen Sinn machen. Niemand baut Schienen, die im Nichts anfangen und im Nichts enden.«

»Doch! Hast du *Indiana Jones* nicht gesehen? Oder *Der Schuh des Manitu*? Solche Lorenfahrten sind schlimmer als die schlimmste Achterbahn.«

»So was gibt es doch nur im Kino. Außerdem dachte ich immer, du magst Achterbahnen.«

»Schon, aber nur die, die regelmäßig gewartet werden und die so eine rote Sicherheitsplakette haben, die einem garantiert, dass da nichts passieren kann. Zeig mir das TÜV-Siegel, und ich bin dabei.«

»Du kennst doch unser Motto: No risk, no fun«, sagte Bob. »Und jetzt spiel hier mal nicht den Schisser, das passt nämlich nicht zu dir und glaubt dir auch niemand.«

»Im Gegensatz zu dir habe ich was zu verlieren«, entgegnete Tim.

»Und was, bitte schön?«

»Mein *Big Brain*! Die Welt wäre ärmer ohne, könnte aber ganz bestimmt problemlos ohne deine Faust weiterexistieren.«

»So schlimm wird es schon nicht werden. Und jetzt komm endlich, wir sind schließlich nicht zu unserem Vergnügen hier.«

»Das wird auch kein Vergnügen.« Tim kletterte zu Bob in die Lore und löste die verrostete Bremse. »Das verspreche ich dir.«

»Apropos Schienen«, sagte Bob, als sich die Lore langsam in Bewegung setzte. »Wer, glaubst du wohl, hat in dem Zug gesessen, der auf den Bahnhof zugerast ist?«

»Kannst du bitte mal aufhören, mir ständig Löcher in den Bauch zu fragen?! Ich bin doch nicht die Auskunft.«

Ich liebe Achterbahnen, aber das hier ist schlimmer.
Viel schlimmer.
Kopf runter!
GOING
REIHER

Nö....
Ich will hier raus!
Kannst du lenken?
Werf dich nach rechts!
Puh, wir haben es überlebt.

»Du hattest recht«, sagte Tim, als die Lore nach ihrer Höllenfahrt an einer leichten Steigung wieder langsamer wurde. »Das war wirklich nicht so schlimm.«

»Meine Rede«, presste Bob hervor. Sein Gesicht hatte sich grünlich verfärbt, und er fürchtete, dass er sich sofort würde übergeben müssen, wenn er seinen Mund weiter als unbedingt nötig öffnete.

»Das war nicht schlimm. Das war richtig, richtig übel, total lebensgefährlich, der absolute Wahnsinn war das. Ich würde das sofort noch mal machen. Du auch?«

»Eher nicht«, antwortete Bob einsilbig, während ihre Lore in gemächlichem Tempo um eine scharfe Kurve bog.

Hinter der Biegung wurde der Stollen, durch den die Schienen liefen, immer breiter, bis er schließlich in einer unterirdischen Halle endete, die Grubenarbeiter aus dem Stein gehauen haben mussten. Sie war riesig. Mindestens so groß wie ein Fußballfeld, schätzte Bob, der sich nur langsam wieder von der Achterbahnfahrt erholte. Deswegen bemerkte er auch erst auf den zweiten Blick, dass sie nicht alleine in der Halle waren. Auf der gegenüberliegenden Seite befand sich eine Art Thron, zu dem zehn Stufen hinaufführten. Der Thron war aus schwarzem Marmor, und darauf saß Baron von Funeral, als hätte er schon seit Jahren nichts anderes getan, als dort oben auf Bob und Tim zu warten.

# KAPITEL FÜNFUNDZWANZIG
# DER SAAL DER DOPPELGÄNGER

Der Baron klatschte in die Hände, und zwei Zombies erschienen, die sich an der untersten Stufe aufstellten und die Jungs mit gefletschten Zähnen wütend anfauchten.

Bob und Tim sahen sich an. Keiner der beiden verstand, was hier gerade vor sich ging. Dabei waren es nicht einmal die zwei Zombies, die Bob und Tim so verwirrten. An die Untoten hatten sie sich schon fast gewöhnt. Es war der Baron, dessen plötzliches Auftauchen sie sich nicht erklären konnten. Die Jungs hatten von Funeral schließlich mit ihrem Atomisator auf der dunklen Seite des Mondes eigenhändig ins Weltall geschossen. Dass er nun hier vor ihnen auf diesem schwarzen Marmorthron saß, war völlig ausgeschlossen.

Tim scannte unauffällig die Wände der Halle. Er suchte nach einem Projektor, der ihnen das 3-D-Bild des Barons mithilfe von alten Archivaufnahmen nur vorgaukelte. Aber alles, was er entdecken konnte, waren ein paar Lautsprecher, die zumindest erklärten, warum von Funeral auf seinem Thron so gut zu verstehen war, obwohl er etwa hundert Meter von ihnen weg saß.

Die Lautsprecher waren geschickt zwischen Gemälden versteckt, die an den Wänden der Halle hingen und die grausamsten Schandtaten der allergrößten Schurken aus den letzten Jahrhunderten zeigten. Auf dem Boden waren goldene Sterne in den Fels eingelassen, die die übelsten Verbrecher der Menschheitsgeschichte ehrten. Tim fiel spontan der berühmte *Walk of Fame* in Hollywood ein, den er mal mit seinen Eltern besucht hatte. Dort wurden beliebte und erfolgreiche Kinoschauspieler und Regisseure mit einem Stern auf dem Bürgersteig ausgezeichnet. Das hier in der Halle schien etwas ganz Ähnliches zu sein: ein *Walk of Evil* der Bösesten der Bösen.

»Kommt doch bitte ein bisschen näher, damit wir uns besser unterhalten können«, forderte der Baron die Jungs auf.

Bob und Tim war klar, dass das trotz der höflichen Formulierung keine Bitte, sondern ein Befehl war. Sie wechselten erneut einen kurzen Blick, dann gingen sie betont langsam auf den Thron zu. Ohne aufgeladenen Atomisator hatten sie sowieso keine Chance, von Funeral zu erledigen. Außerdem waren sie beide neugierig, wie es dem Baron gelungen war, aus den unendlichen Weiten des Alls in diesen Saal tief unter der Erde zu gelangen.

Auf dem Weg durch die Halle bemühte sich Bob, auf jeden einzelnen der im Boden eingelassenen Schurken-Sterne zu treten. Tim versuchte währenddessen, sich unbemerkt seinen Mikrokopfhörer ins Ohr zu stecken. Wegen des fauchenden Zombies in der Zentrale hatten er und Bob ihn sich aus den Ohren gerissen und in die Tasche gestopft. Das war ein Fehler gewesen. Mit dem Sender hätten sie jetzt mühelos Kontakt zum S.W.A.P. aufnehmen und Hilfe holen können. Tim hatte seine Hand in die Tasche der Ninja-Jacke gleiten lassen, nach dem Kopfhörer gegriffen und tat nun so, als wolle er sich das Ohrläppchen reiben. In Wirklichkeit plante er, den winzigen Sender, den er in der Faust verborgen hielt, unauffällig in sein Ohr gleiten zu lassen.



»Denk nicht mal dran«, zischte von Funeral. »Für was hältst du mich? Für einen zweitklassigen Kioskräuber?! Ich bin der Baron! Baron von Funeral, und jetzt steck diesen lächerlichen Kopfhörer wieder weg, mit dem du Kontakt zu Snyder, Steel und den anderen Nieten des S.W.A.P. aufnehmen wolltest. Sonst werde ich gleich wirklich böse!«

Tim ließ die Hand mit dem Kopfhörer wieder in seiner Tasche verschwinden.

Bob bemerkte erst jetzt, dass die beiden Zombies schwere Ketten an den Füßen trugen. Damit waren sie an zwei Eisenringe gefesselt, die neben der Treppe in der Wand befestigt waren.

Aus der Nähe fanden die Jungs, dass der Baron jugendlicher wirkte, als sie ihn in Erinnerung hatten. Tim wusste, dass nach Einsteins Relativitätstheorie die Zeit langsamer verging, wenn man sich im Weltall mit Lichtgeschwindigkeit bewegte. Ein Astronaut, der nach Jahren auf die Erde zurückkehrte, wäre in dieser Zeit kaum gealtert. Möglicherweise, dachte Tim, war der Baron nach ihrem Treffer mit dem Atomisator so lange im All herumgeirrt, dass er nun einfach jünger wirkte als zuvor. Bob dagegen vermutete, dass von Funeral sich aus Eitelkeit einfach unter das Messer eines Schönheitschirurgen gelegt hatte.

Tatsächlich sah er gut zwanzig Jahre jünger aus als bei ihrer letzten Begegnung in Heidelberg 2.0 auf der dunklen Seite des Mondes.

»Falls mir im Kino jemand Schwierigkeiten macht, gibt es dieses Kino fünf Minuten später nicht mehr«, fauchte der Baron wütend. »Und das gilt auch für vorlaute Jungs, die sich in meine Geschäfte einmischen. So wie ihr beiden!«

»Schon verstanden, Sie sind sauer auf uns«, versuchte Tim, von Funeral zu beruhigen. »Und an Ihrer Stelle wäre ich das auch. Aber hey, nehmen Sie es sportlich. Sie machen Ihren Job, also die Welt vernichten und das ganze böse Zeug, was eben so dazugehört. Und wir machen unseren Job, also die Welt retten und das ganze gute Zeugs. Deswegen können wir doch trotzdem Freunde sein.«

»Klappe!«, brüllte der Baron. »Euer dämliches Geplapper ging mir schon früher auf die Nerven. Zu meinem Glück aber wird dieses hier jetzt unser letztes Zusammentreffen sein.«

»Spart euch eure blöden Bemerkungen«, entgegnete der Baron. »Diesmal kommt ihr damit nicht durch. Diesmal ist es endgültig aus mit euch.«

»Kriegen wir dann nicht wenigstens eine Henkersmahlzeit? Eine Portion Ravioli wäre nicht schlecht«, schlug Bob vor.

»Ach nein, für mich bitte nicht«, erwiderte Tim. »Ich würde jetzt sowieso nichts runterkriegen. Ich hätte stattdessen lieber Antwort auf eine Frage, die mich schon die ganze Zeit beschäftigt: Wie haben Sie es geschafft, aus dem Weltraum wieder zurück auf unsere gute alte Erde zu kommen? So ganz ohne Rakete?«

»Habe ich ja gar nicht«, entgegnete der Baron und grinste.

»Geht das auch ein bisschen genauer?«, fragte Bob, der sich genauso wenig wie Tim erklären konnte, was von Funeral mit seinem »Habe ich ja gar nicht« gemeint hatte.

»Das ist doch ganz einfach«, erklärte der Baron. »Ich bin da oben, und ich bin hier unten. Ich bin hier, und ich bin dort.«

»Das ist selbst mir zu hoch«, erklärte Tim. »Ich verstehe noch nicht mal Bahnhof.«

»Du enttäuschst mich! Aber ich hatte ja immer schon den Verdacht, dass du deinen Spitznamen *Big Brain* zu Unrecht trägst«, sagte von Funeral und lachte. »Endlich erkennt ihr, dass ich euch überlegen bin. Ich bin allen überlegen, weil ich nämlich nicht nur einer bin.«

»Geht das auch im Klartext?«, erkundigte sich Bob.

»Als ich zwanzig Jahre alt war und noch ganz am Anfang meiner glorreichen Verbrecherkarriere, habe ich mich vorsorglich klonen lassen«, antwortete der Baron und genoss für einen Moment die überraschten Gesichter der Jungs. »Da staunt ihr, was?! Das Original schwebt dank euch beiden leider immer noch irgendwo dort oben zwischen den Sternen herum. Aber glaubt mir, ich und die anderen Kopien sind mindestens genauso genial, böse und niederträchtig. Aber ich bin ja nicht der Einzige, den es doppelt gibt.«

Von Funeral klatschte wieder in die Hände, doch diesmal erschienen keine neuen Zombies, sondern Bobs und Tims Doppelgänger.

»Es war nicht schwer, sie zu überreden, für mich zu arbeiten«, erklärte der Baron. »Ich habe einfach gefragt, was der S.W.A.P. ihnen zahlt. Dann habe ich ihnen das Doppelte angeboten. War ja nicht so viel.« Von Funeral lachte erneut, und auch die beiden Finnen, die Bob und Tim bisher bei ihren Einsätzen zu Hause vertreten hatten, stimmten in das Gelächter ein, das durch den unterirdischen Saal hallte.

»Wenn ich mit euch fertig bin, werden sie eure Position beim S.W.A.P. übernehmen. So bin ich immer auf dem Laufenden, was dieser Anfängerverein gegen mich im Schilde führt«, fuhr von Funeral fort. »Obwohl das eigentlich überflüssig ist, weil ja auch der S.W.A.P. dann überflüssig ist. Weil meine Zombies schon sehr bald die gesamte Menschheit ausgerottet haben werden. Dann kommt mir niemand mehr in die Quere, dann bin ich der Herrscher über …«

»… eine Menge Zombies. Herzlichen Glückwunsch auch!«, quatschte Tim dazwischen.

Er hatte seinen Satz kaum beendet, als ihm Bobs Doppelgänger einen Schlag in die Seite verpasste.

»Könnt ihr nicht mal woandershin schlagen?!«, stöhnte Tim, während er sich vor Schmerzen krümmte.

Bob wollte sich auf seinen Doppelgänger stürzen, aber Tim deutete mit einer Handbewegung an, dass es klüger war, sich noch zurückzuhalten. Erst mussten sie weitere Informationen erhalten und vor allem Zeit gewinnen.

»Danke, Bob«, sagte der Baron. »Ich weiß es zu schätzen, wenn man heldenhaft meine Ehre verteidigt.«

»Hey, das ist nicht Bob«, widersprach Bob. »Ich bin Bob. Das da ist nur ein Finne, der zufällig so aussieht wie ich.«

»Dieser kleine, aber feine Unterschied wird schon sehr bald sehr unerheblich sein, weil es dann nur noch ihn geben wird und du nicht mehr da sein wirst«, erklärte von Funeral. »Zumindest nicht als menschliches Wesen, sondern nur noch als Zombie. Aber da werdet ihr nicht die Einzigen sein. Ich habe nämlich noch eine Überraschung für euch.«

KLATSCH
KLATSCH

RATT
RUMPE

# KAPITEL SECHSUNDZWANZIG
# WECHSELNDE VORTEILE

»Ihr dürft eurer kleinen Freundin in ihren letzten Minuten gern Gesellschaft leisten«, sagte von Funeral mit einem boshaften Lächeln auf den Lippen. »Ich kann das Gitter, das den Zombie noch von ihr fernhält, jederzeit in die Höhe fahren lassen. Und dann wäre es doch schön, wenn ihr drei das gemeinsam erleben könntet, nicht wahr? Solche Ereignisse schweißen Freunde doch erst so richtig zusammen. Das habe ich zumindest mal gehört. Ich selber kann das leider nicht beurteilen, denn ich hatte nie Freunde.«

»Da haben Sie aber echt was verpasst in Ihrem Leben«, erwiderte Tim, der von seinem finnischen Doppelgänger zu dem Käfig geführt wurde, in dem Hoka saß.

»Gute Freunde sind Gold wert«, ergänzte Bob. »Sollten Sie echt mal ausprobieren.«

Auch sein Doppelgänger hatte ihn am Arm gepackt und die Käfigtür geöffnet. Erst jetzt sahen die Jungs, dass Hoka an die Gitterstäbe gefesselt war. Die Finnen stießen Bob und Tim zu dem Ninja-Mädchen in den Käfig und verschlossen die Tür hinter ihnen wieder sorgfältig.

»Hallo, ihr beiden. Geht's gut?«, begrüßte Hoka die Jungs, als würden sie sich morgens auf dem Schulhof treffen und nicht in einem Käfig mit einem aufgeregten Zombie, der an den Gitterstäben rüttelte, als wollte er sie auseinanderbiegen, um sich auf die drei stürzen zu können. »Für einen Moment hatte ich echt gedacht, ihr beiden wärt übergelaufen und würdet jetzt für den Baron arbeiten. Waren dann aber doch nur eure Doppelgänger.«

»Und? Wie hast du den Unterschied bemerkt?«, fragte Bob.

»Sie waren nicht so blöd wie ihr, sonst säßen schließlich sie in dem Käfig und nicht ihr«, erklärte das Ninja-Mädchen.

»Zusammen mit dir«, erwiderte Bob. »So clever kannst du dann ja auch nicht sein.«

»Ich habe aber nicht vor, hier lange zu bleiben«, flüsterte Hoka. »Ihr habt doch einen Atomisator, oder?«

»Der, den du dir hast klauen lassen?«, fragte Tim zurück und erntete dafür einen wütenden Blick des Ninja-Mädchens.

»Gold habe ich mehr als genug, da brauche ich keine Freunde«, sagte der Baron, der von dem heimlichen Geflüster zwischen Hoka und den Jungs nichts mitbekommen hatte. »Was glaubt ihr, wo ihr hier seid? Das ist eine alte Goldmine, die meiner Familie schon seit Generationen gehört und die mich so unvorstellbar reich gemacht hat, dass genug Geld für mein kleines Hobby da ist.«

»Nicht schon wieder«, stöhnte Tim.

»Was denn?«, fragte Bob.

»Das ist geradezu langweilig typisch, dass böse Menschen Probleme mit ihrem Vater haben. Die haben einen riesigen Minderwertigkeitskomplex gegenüber ihrem Erzeuger. Und dann wollen sie ihm beweisen, dass sie doch richtig gefährliche Kerle sind. So wie unser Baron hier. Ganz arme Würstchen sind das, wenn du mich fragst.«

»Dich fragt aber keiner!«, brüllte von Funeral außer sich vor Wut.

»Siehst du«, sagte Tim. »Ich habe recht gehabt, sonst würde er sich nicht so aufregen.«

»Klingt einleuchtend«, erwiderte Bob.

»Das klingt nicht nur so, das ist es auch«, entgegnete Tim, dann wandte er sich wieder an von Funeral. »Hören Sie, mein Freund und ich haben jetzt auch nicht das beste Verhältnis zu unseren Eltern, aber deswegen wollen wir doch nicht gleich die ganze Welt beherrschen.«

»Vielleicht können Sie sich ja mit Ihrem Vater aussöhnen. Ein klärendes Gespräch, und alles ist wieder gut«, schlug Bob vor.

»Dazu ist es leider zu spät«, erklärte der Baron und deutete auf einen der Sterne im Boden. »Das ist seiner, und er liegt seit zehn Jahren da drunter.«

»Oh, mein Beileid«, murmelte Tim.

»Das wussten wir nicht«, bemerkte Bob.

»Könntet ihr zwei endlich einmal aufhören, so doof rumzuquatschen, und stattdessen was tun, um uns hier rauszuholen?«, zischte Hoka.

»Was meinst du, was ich gerade vorhatte.« Bob griff in Tims Jackentasche und zog den Atomisator. Dann stellte er sich an das Gitter und richtete die Waffe auf den Baron, der immer noch oben auf seinem Thron saß. »Genug gespielt! Sie lassen uns jetzt hier raus und pfeifen Ihre Finnen und Zombies zurück, sonst schicke ich Sie mit dem Teil hier zu dem anderen Baron in die Umlaufbahn.«

Auf die Doppelgänger der Jungs hatte die Drohung die erwünschte Wirkung. Sie wichen ein paar Schritte zurück. Die Zombies und der

Baron dagegen zeigten sich völlig unbeeindruckt. Die Untoten, weil sie die Wirkungsweise eines Atomisators nicht begriffen. Von Funeral, weil er die rote Akkuanzeige gesehen hatte, obwohl sich Bob bemühte, die Leuchte mit seinen Fingern zu verdecken.

»Das Ding ist doch leer«, sagte der Baron und stieß ein höhnisches Lachen aus. »Das sehe ich an dem roten Lämpchen da.«

»Ganz großer Irrtum, Barönchen ohne Krönchen«, mischte sich Tim ein. »Das ist ein neues Modell. Rot bedeutet da ›voll aufgeladen‹. Ist ja auch logisch, die Farbe steht schließlich für Feuer. Und jetzt machen Sie schon die Tür auf.«

Der Baron lachte ein zweites Mal.

»Na, da bin ich aber gespannt. Feuer frei!«, rief von Funeral Bob zu, der den Atomisator wieder sinken ließ, weil der Baron sie durchschaut hatte.

»Ihr seid ja zwei tolle Retter«, knurrte Hoka. »Und wer hat euch überhaupt in diese schwarzen Klamotten gesteckt? Ich weiß ja, dass ihr beide in mich verknallt seid, aber das ist noch lange kein Grund, sich genauso anzuziehen wie ich.«

»Die haben wir von …« Bob wurde von Tim unterbrochen, der dem Baron zurief: »Wenn Sie uns rauslassen, lassen wir Sie laufen. Seien Sie vernünftig, in ein paar Minuten wimmelt es hier sowieso von Agenten des S.W.A.P. Dann sind Sie geliefert.«

»Der S.W.A.P. hat keine Agenten außer euch«, entgegnete von Funeral.

»Klar hat er: Otto zum Beispiel«, rief Bob.

»S.W.A.P. 0815 ist ein Feigling, der würde sich niemals hier herunterwagen«, erwiderte der Baron.

»Und was ist mit Snyder?«

»Kann der schon wieder ohne Krücken laufen? Ich glaube nicht. Mit Snyder machst du mir keine Angst.«

»Und Angela Steel? Macht die Ihnen auch keine Angst?«

»Nein, denn die liegt mit Windpocken im Bett und kuriert sich aus. Eure Chefin ist so eitel, die würde sich niemals mit roten Punkten im Gesicht aus dem Haus trauen. Da gehe ich jede Wette ein.«

»Das sind die falschen«, rief Bob. »Wir sind hier! Hier im Käfig!«

»Und woher weiß ich, dass ihr die echten seid?«, fragte die Chefin misstrauisch, während der Lauf ihrer Pistole weiter auf den Baron gerichtet war.

»Weil wir kein Wort Finnisch können und Sie sehr gut verstehen«, erklärte Tim. »Im Gegensatz zu den beiden Hampelmännern da, die zwar genauso aussehen wie wir, aber wahrscheinlich Matti und Sami oder so ähnlich heißen.«

»Die Jungs haben recht«, mischte sich Hoka ein. »Bob und Tim hocken bei mir im Käfig, weil sie so dumm waren, hier mit einem leeren Atomisator aufzukreuzen.«

»Zauberhaft, das überzeugt mich«, sagte die Chefin. »Wartet, ich hole euch da raus.«

»Das würde ich an Ihrer Stelle nicht machen«, bemerkte der Baron, den die auf ihn gerichtete Pistole überhaupt nicht zu beeindrucken schien. Er hatte das Gespräch zwischen Angela Steel und den Jungs amüsiert verfolgt und klatschte nun ein weiteres Mal in die Hände.

Aus dem Dunkeln trat ein Mann hervor. Er hatte ein Blasrohr am Mund, das er auf Angela Steel gerichtet hielt.

»Das ist der Mann, der auf den Voodoo-Priester geschossen hat«, flüsterte Bob.

»Er hat mich auf Haiti in eine dunkle Gasse gelockt, mit seinem Blasrohr außer Gefecht gesetzt und dann hierhergebracht«, sagte Hoka leise. »Er gehört auch zu den Männern des Barons.«

»Der Pfeil in dem Rohr ist mit einem tödlichen Gift aus dem Amazonasgebiet getränkt«, erklärte von Funeral. »Ich habe die Pfeilgiftfrösche dafür eigenhändig gemolken. Wenn ich Sie daher bitten dürfte, Ihre Waffe auf der Stufe abzulegen und zu Ihren kleinen Freunden in den Käfig zu klettern.«

Angela Steel zögerte einen Moment, dann legte sie ihre Pistole auf den Boden und ging vorbei an den fauchenden Zombies am Fuße der Treppe vorbei auf den Käfig zu. Einer der Finnen öffnete ihr die Tür, damit sie hineinklettern konnte. Bob und Tim mussten zusammenrücken, um Platz zu machen.

»Willkommen im Klub«, begrüßte Bob die Chefin, und Tim fragte: »Wie sind Sie hierhergekommen?«

»Mit dem Zug, aber es dauerte, bis ich an den zauberhaften Zombies oben in der Stadt vorbei war«, erklärte die Chefin. »Snyder hat mir den Tipp gegeben, wo ihr stecken könntet.«

»Das war sehr vernünftig von Ihnen, die Waffe abzulegen«, lobte von Funeral. »Und gleichzeitig schrecklich dumm. Das wird ein schönes Gemetzel, wenn ich gleich das Gitter entferne und der Zombie in seinem Käfig endlich etwas zum Naschen bekommt.«

Als hätte der Zombie den Baron verstanden, rüttelte er wieder an den Gitterstäben. Nicht besonders kräftig, aber ausdauernd. Bob beobachtete mit Sorge, dass das Metall durch die ständige Belastung langsam nachzugeben schien. Wenn der Zombie das Gitter noch weiter bearbeitete, würde sich von Funeral das Öffnen sparen können. Dann würde der Zombie einfach zu ihnen durchbrechen, sich auf sie stürzen und unter ihnen ein Massaker anrichten, weil es in dem Käfig viel zu eng war, um sich gegen seinen Angriff wehren zu können.

»Allerdings glaube ich fast, es fehlt noch einer«, bemerkte von Funeral. »Vielleicht warten wir noch einen kleinen Moment, bis wir alle komplett sind.«

»Das können wir uns absolut sparen, jetzt sind wir vollständig.« Es war Snyders Bass, der durch die Halle dröhnte. »Blasrohr runter, aber ein bisschen plötzlich.«

Der Top-Agent war durch eine geheime Tür in die Halle gelangt. Mit der linken Hand stützte er sich auf eine Krücke, in der rechten hielt er einen Atomisator, mit dem er auf den Baron zielte. Von Funeral gab dem Blasrohrschützen ein Zeichen, seine Waffe auf dem Boden abzulegen. Der Mann tat, was sein Chef von ihm verlangte, und nahm dann die Hände in die Höhe. Genau wie die beiden Finnen, die das ganze Geschehen staunend verfolgten, ohne auch nur ein Wort von dem zu verstehen, was da vor sich ging.

»Das ist mal wieder absolut typisch«, brummte Snyder, als er zu dem Käfig hinüberhumpelte. »Da muss erst wieder Papa ran, um euch rauszuhauen. Aber jetzt ist Schluss mit dem Faulenzen. Jetzt gehen wir alle zusammen da hoch und räumen mit den Zombies auf.«

»Das glaube ich eher nicht«, mischte sich der Baron kichernd ein. »Wir sind nämlich immer noch nicht vollständig.«

In dem Augenblick ertönte auch schon das laute Bellen eines kleinen Hundes.

# KAPITEL SIEBENUNDZWANZIG
# FAMILIENZUSAMMENFÜHRUNG

Der Zwergdackel wurde von sechs bewaffneten Männern begleitet. Es waren dieselben, die Bob und Tim auch schon auf dem Fossilienacker und auf der Chinesischen Mauer verfolgt hatten.

Sie richteten ihre Schnellfeuergewehre auf Snyder, der angesichts der Überzahl und der entschlossenen Blicke der Männer seinen Atomisator neben Angela Steels Pistole und dem Blasrohr auf dem Boden ablegte.

»Kommen Sie endlich zur Sache! Was wollen Sie?! Ich habe absolut wichtigere Dinge zu erledigen, als mir Ihr Gesülze anzuhören«, brummte Snyder, während die sechs Kopfgeldjäger ihn schweigend zu dem Käfig begleiteten. Die Jungs und die Chefin mussten noch enger zusammenrücken, als der Top-Agent zu ihnen in den Käfig stieg.

»Auch Sie enttäuschen mich ein wenig, Snyder.« Der Baron war jetzt etwa auf der Hälfte der Treppe angekommen. »Aber das ist in den Bond-Filmen ja auch immer so. Der Held ergibt sich einer Übermacht, um dann am Ende umso eindrucksvoller zurückzuschlagen. Aber den Teil lassen wir heute einfach mal ausfallen. Diesen Saal werden Sie und Ihre Begleitung ganz sicher nicht mehr lebend verlassen, das ver...«

Der Baron konnte nicht weitersprechen, weil er auf der steilen Treppe ins Stolpern geraten war. Er fing sich in letzter Sekunde, sonst wäre er die letzten Stufen gefallen.

»Und zu spät waren Sie trotzdem, auch ohne Zug«, bemerkte Bob, der mit Sorge beobachtete, wie der Zombie auf der anderen Seite des Käfigs weiter gegen die Gitterstäbe drückte, die sich unter der steten Belastung immer mehr auseinanderbogen.

»Ihr habt ja absolut keine Ahnung, was da oben los ist«, polterte Snyder. »Überall sind Zombies, die einem an die Wäsche wollen, und dann habe ich auch noch eine halbe Ewigkeit nach dem Eingang gesucht. Gibt ja keine Schilder, auf denen steht: Baron von Funeral, bitte drei Mal klingeln.«

»Jetzt lasst Thomas doch mal in Ruhe«, mischte sich die Chefin ein. »Ich finde es ganz zauberhaft, dass er immerhin versucht hat, uns zu befreien.«

Der Baron hatte nun die unterste Treppenstufe erreicht, machte einen großen Bogen um die beiden Zombies und stellte sich vor dem Käfig auf.

»Jetzt, wo wir alle so schön gemütlich beisammen sind, möchte ich mich bei euch bedanken, dass ihr die Mühe auf euch genommen habt, mir in diesem wohl bedeutendsten Moment meines Lebens Gesellschaft zu leisten.« Von Funeral holte einen Zettel aus seiner Jackentasche, um eine Rede vorzulesen, die er extra für diesen Anlass vorbereitet hatte.

Weiter kam er nicht, weil plötzlich ein Seil von der Hallendecke herabfiel. Es endete genau über dem Käfig, in dem die Jungs, Hoka, Angela Steel und Snyder gefangen waren. Weil der Käfig ein Holzdach besaß, konnten sie nicht erkennen, was über ihnen geschah. Aber die entsetzten Augen des Barons verrieten ihnen, dass sich über ihren Köpfen eine entscheidende Wendung anbahnte.

Es war Mau Ze Tot, die sich kopfüber an dem Tau abseilte, dann kurz vor dem Käfig stoppte und sich schließlich mit einer eleganten Rolle auf die Füße fallen ließ.

»Was ist denn da oben los?«, fragte Bob.

»Keine Ahnung, aber ich denke, wir werden es gleich erfahren«, erwiderte Tim, der wie alle anderen den Kopf in den Nacken gelegt hatte, auch wenn er durch das Dach überhaupt nichts sehen konnte. Selbst der Zombie starrte in die Höhe und hatte für einen Moment aufgehört, an den Gittern zu rütteln.

»Feuer! Warum feuert ihr denn nicht?!«, brüllte der Baron seine Kopfgeldjäger panisch an.

Doch auch die sechs Männer waren von dem beeindruckenden Auftritt einfach zu überwältigt, als dass sie hätten reagieren können. Tatenlos sahen sie und ihr Zwergdackel zu, wie Mau Ze Tot mit zwei Karateschlägen ein Loch in die Holzdecke des Käfigs schlug.

»Mau Ze Tot! Gut, dass Sie da sind«, riefen die Jungs überrascht.

»Mama! Wie schön, dich zu sehen«, rief Hoka.

»Dich hätte ich hier absolut am wenigsten erwartet, Schatz«, rief Snyder.

»Zauberhaft, meine Teuerste, ganz zauberhaft, aber ein Honorar kann dir der S.W.A.P. für deinen Einsatz nicht zahlen, das weißt du ja hoffentlich. Ich sage das nur, damit du später nicht enttäuscht bist«, rief Angela Steel.

In den nächsten Augenblicken passierten mehrere Dinge gleichzeitig:

Die Kopfgeldjäger rissen ihre Gewehre hoch und zielten.

Der Baron griff nach Snyders Atomisator, der vor ihm auf dem Boden lag.

Mau Ze Tot sprang in den Käfig hinein, um die Fesseln ihrer Tochter zu lösen.

Die Jungs, Snyder und die Chefin kletterten durch das Loch in der Decke auf das Dach des Käfigs.

Die beiden Finnen streckten ihre Hände noch weiter in die Höhe.

Dem Zombie gelang es endlich, das Gitter aufzubiegen.

Mau Ze Tot half Hoka schnell durch das Loch auf das Dach zu den anderen.

Dann brach in der Halle die Hölle los.

Der Baron ballerte mit dem Atomisator ziellos durch den Saal, traf dabei aber nur den Zombie rechts neben ihm, der sofort spurlos verschwand ... wohin auch immer. Bei dem Zombie links von ihm erwischte von Funeral die Kette, die den Untoten an den Eisenring gefesselt hatte. Der wankte hungrig auf die Kopfgeldjäger zu, die sofort auf ihn zu schießen begannen. Doch davon ließ sich der Zombie nicht stoppen – trotz der großen Löcher, die die Schnellfeuergewehre in seinen Körper rissen. Erst dem Zwergdackel gelang es, den Zombie aufzuhalten. Er stürzte sich kläffend auf ihn und verbiss sich im rechten Hosenbein des Untoten.

Snyder, Angela Steel und auch Mau Ze Tot hatten das Chaos genutzt. Die drei Profis brauchten sich nicht erst abzustimmen. Ihnen allen war klar, dass die Kopfgeldjäger augenblicklich die größte Bedrohung darstellten. Gemeinsam sprangen die drei vom Dach des Käfigs herunter und stürzten sich auf die sechs Männer, die den Zombie in Schach zu halten versuchten. Der lag vor ihnen auf dem Boden und bemühte sich vergeblich, den Zwergdackel abzuschütteln. Bob und Tim taten das, was am naheliegendsten war. Mit einem Hechtsprung warfen sie sich auf die beiden Finnen, die das Durcheinander nutzen wollten, um sich das Blasrohr zu schnappen. Hoka nahm sich währenddessen den Baron vor. Von Funeral zielte mit dem Atomisator auf sie, doch weil das Ninja-Mädchen mit ein paar akrobatischen Flickflacks auf ihn zuschoss, verfehlte er sie und traf stattdessen die Gitter des Käfigs. Die Eisenstäbe lösten sich in Luft auf, und der Zombie, dem es nicht gelungen war, durch das Loch im

Dach des Käfigs ins Freie zu entkommen, wankte jetzt aus seinem Gefängnis heraus.

Snyder, die Chefin und Hokas Mutter kämpften weiter mit den Kopfgeldjägern. Snyder war wegen seines verletzten Beines gehandicapt, aber immer, wenn er in Schwierigkeiten geriet, sprang ihm eine der beiden Frauen zu Hilfe. Bob hatte den Eindruck, dass sich Angela Steel und Mau Ze Tot geradezu darum rissen, an seiner Seite zu kämpfen. Es folgten Schlag auf Schlag, Tritt auf Tritt und Hieb auf Hieb, und alles ging so schnell, dass Tim, als er einen Moment hinüberschaute, davon ganz schwindelig wurde. Sein finnischer Doppelgänger nutzte den Moment und traf Tim in die Seite. Doch weil Tim sich schon daran gewöhnt hatte und inzwischen reichlich abgehärtet war, zeigte der Schlag kaum Wirkung. Abgesehen davon, dass er Tim nur noch wütender machte. Er stürzte sich auf den Finnen und versetzte ihm einen rechten Haken, der seinen Doppelgänger auf die Erde schickte, wo er bewusstlos liegen blieb. Bobs Kampf mit seinem finnischen Doppelgänger wurde noch härter geführt, denn beide Jungen verfügten über nahezu dieselben Kräfte. Sie wälzten sich über den Boden, wobei mal der eine, mal der andere die Oberhand gewann. So ging es hin und her, bis Tim seinem Freund zu Hilfe kommen konnte. Für einen Moment zögerte er, weil es schwierig war, die beiden auseinanderzuhalten. Wer war der echte Bob? Und wer war der Finne? Doch weil Tim seinen Freund lange genug kannte und immerhin eine Fifty-fifty-Chance bestand, den Richtigen zu treffen, schnappte er sich das Blasrohr und verpasste Bobs Doppelgänger mit der Waffe einen Schlag gegen den Kopf. Ohnmächtig kippte der Junge, der über Bob gekniet hatte, zur Seite und blieb neben seinem finnischen Freund auf dem Boden liegen.

»Hoka! Pass auf!«, brüllte Bob, der Tim schon nicht mehr zugehört hatte, sondern entsetzt beobachtete, wie der Zombie aus dem Käfig sich von hinten dem Ninja-Mädchen näherte. Hoka rang mit dem Baron und hielt dessen Hand mit dem Atomisator fest umklammert. Obwohl die Akkuanzeige des Atomisators ihr verriet, dass die Energie der Waffe nur noch für einen einzigen Schuss reichen würde, wollte sie verhindern, dass er mit diesem letzten Schuss einen von ihnen traf.

»Hoka! Pass auf!«, brüllte Bob erneut, weil Hoka noch immer nicht gemerkt hatte, in welcher Gefahr sie sich befand.

Tim folgte Bobs Blick, dann rannten die Jungs los. Mit einem Hechtsprung warf sich Tim auf die Beine des Untoten, während Bob ihn am Oberkörper packte. Gemeinsam rissen sie ihn um, bevor er das Ninja-Mädchen erreichen konnte. Im selben Moment hatte Hoka mit einem Flickflack-Sprung die Position gewechselt, sodass nun von Funeral zwischen ihr und dem Untoten stand. Im Fallen riss der Zombie seinen Mund auf und erwischte mit den Zähnen das linke Ohrläppchen des Barons. Ein winziger Blutstropfen tropfte von Funeral auf die Schulter.

Bob und Tim hockten auf dem Rücken des Zombies und drückten ihn fest auf den Boden, um ihn außer Gefecht zu setzen. Der Baron fasste sich an sein Ohr und starrte erschüttert die rote Flüssigkeit an, die an seinem Finger klebte. Dann schaute er hinüber zu seinen Kopfgeldjägern, die den Kampf gegen Snyder, Angela Steel und Mau Ze Tot ebenfalls verloren hatten. Die drei hatten den Männern die Gewehre abgenommen und hielten sie damit in Schach, während der Zwergdackel immer noch am Hosenbein des anderen Zombies zerrte.

»Ihr kriegt mich nicht«, knurrte der Baron. »Ihr nicht! Weder lebendig noch tot oder untot.«

Von Funeral richtete den Atomisator auf sich selbst und brüllte: »Der letzte Schuss gehört mir!«

Dann drückte er ab und war verschwunden.

»Ein absolut feiger Abgang«, knurrte Snyder.

Was willst du? Hauptsache, er ist endlich weg.
Vielleicht laufen da draußen ja noch mehr Klone von ihm rum.
Außerdem ist er gar nicht weg, er ist jetzt bloß irgendwo anders.
Das ist ja eine ganz zauberhafte Vorstellung.
Hoffen wir, dass er jetzt auf einer einsamen Insel ist. Eine, auf der es keine Steckdose für den Atomisator gibt.

# KAPITEL ACHTUNDZWANZIG
# EIN ZUG IM ABENDROT

»Und was machen wir jetzt mit denen?« Bob deutete auf die Kopfgeldjäger, die mit erhobenen Händen an der Wand standen.

»Erschießen«, brummte Snyder. »Das ist absolut die einzige Lösung.«

»Was?«, rief Tim entsetzt.

»War ein Scherz«, erwiderte Snyder und lachte. »Wir lassen sie laufen, die haben auch nur ihren Job gemacht.«

»Aber die haben auf uns geschossen!«, sagte Bob.

»Sorry, Jungs«, meldete sich einer der Männer zu Wort. »War nichts Persönliches. Auftrag ist Auftrag.«

»Er hat recht«, bestätigte Angela Steel. »Wir sind doch hier schließlich alle Profis. Und jetzt, wo ihr zauberhafter Auftraggeber nicht mehr unter uns weilt, gibt es auch keinen Auftrag mehr. Also mach es gut, Lefors, und viel Glück mit den zauberhaften Zombies da oben. Bis bald mal wieder.«

Der Mann, den die Chefin Lefors genannt hatte, gab seinen Kollegen ein Zeichen. Die Männer nickten Snyder und Angela Steel zum Abschied kurz zu, dann verschwanden sie hinter der Tür, durch die sie gekommen waren.

»Ich gehe dann auch mal, wenn ich hier nicht mehr gebraucht werde«, sagte der Blasrohrschütze und schloss sich eilig den Kopfgeldjägern an.

»Und was ist mit den beiden Finnen?«, fragte Tim.

»Was soll mit denen sein?«, fragte Snyder verständnislos zurück. »Absolut nichts ist mit denen. Die brauchen wir doch noch, damit sie euch bei eurem nächsten Einsatz zu Hause wieder vertreten können.«

»Und die Zombies hier? Brauchen wir die auch noch?«, erkundigte sich Bob, der gemeinsam mit Tim immer noch auf dem Rücken eines der Untoten kniete, während der andere weiterhin von dem Zwergdackel in Schach gehalten wurde.

»Die sind in der Tat ein Problem«, bemerkte Mau Ze Tot.

»Wie hat der Baron es überhaupt geschafft, die alle ... sozusagen ... zum Leben zu erwecken, und warum ist dieser Ort so besonders für Zombies?«, wollte Hoka wissen.

»Ist er gar nicht. Das hier ist nur ein gottverlassenes Kaff irgendwo in Texas. Aber ich war mir ziemlich sicher, dass von Funeral hier seine Experimente starten würde«, erklärte Mau Ze Tot. »Das ist seine Heimat, seine Familie stammt von hier, und hier hat sie ihr Vermögen verdient. Hier liegen die Wurzeln des Barons, der übrigens gar kein richtiger Baron ist. Er hat sich den Titel nur gekauft.«

»Sie haben Hokas erste Frage noch nicht beantwortet«, sagte Tim.

»Und die werde ich auch nicht beantworten«, entgegnete Mau Ze Tot. »Ich habe den Fehler einmal gemacht, dieses Geheimnis irgendwem zu verraten. Das passiert mir nicht noch einmal. Je weniger Menschen davon wissen, desto besser für alle.«

Mit der freien Hand kramte Tim seine Kopfhörer hervor, weil aus seiner Tasche die ganze Zeit schon so ein komisches Brabbeln zu hören war. Er steckte sie sich ins Ohr und hatte sofort Otto in der Leitung.

Aus dem Kopfhörer tönte ein leises Schnurren, das nichts mehr mit dem Fauchen gemein hatte, das Tim von den Zombies gewohnt war.

»Meine vegetarische Diät hat funktioniert«, verkündete Otto stolz. »Ich habe lange vergeblich mit Obst rumprobiert. Ihr erinnert euch sicher an die Bananen, oder? Aber wenn man ihnen Schokolade gibt, werden sie handzahm. Am liebsten mögen sie Schoko-Nikoläuse.«

»Schoko-Nikoläuse?«, riefen Bob, Tim, Hoka, Mau Ze Tot, Snyder und Angela Steel verwundert.

»Ich vermute, das liegt an der Form. Die erinnert sie an Menschen. Ich hatte hier vom letzten Fest noch einen rumstehen«, erklärte Otto. »Ich habe bereits alles veranlasst: Die Schokoladenfabriken stellen ihre gesamte Produktion um. Die ersten Flieger mit Schoko-Nikoläusen sind auch schon auf dem Weg. Die schmeißen die einfach mit einem Fallschirm über den Krisengebieten ab. Aber das Beste kommt erst noch.«

»Mach es nicht so spannend«, drängelte Snyder. »Ich kann Spannung absolut nicht leiden.«

»Bevor sich auf der ganzen Welt herumspricht, dass Schokolade gegen Zombies hilft, habe ich sämtliches Geld des S.W.A.P. in die Aktien von Schokofabriken gesteckt. War zwar nicht viel, wird sich aber trotzdem lohnen. Überall, wo es Zombies gibt, also eigentlich überall, wird die Nachfrage nach Schokolade durch die Decke gehen.«

»Das war eine ganz zauberhafte Idee von dir«, lobte Angela Steel ihren Agenten, und Snyder brummte zustimmend: »Respekt! Du hast absolut alles richtig gemacht.«

Tim und Bob sahen sich überrascht an. Einen so cleveren Schachzug hatten sie Otto gar nicht zugetraut. Hoka und Mau Ze Tot schien es ähnlich zu gehen. Die beiden Ninja-Kriegerinnen lösten sich aus ihrer innigen Umarmung und schauten nun ebenfalls erstaunt. Bob warf einen Blick auf Snyder. Dem Top-Agenten war anzusehen, dass er die zwei auch gern in den Arm genommen hätte, sich aber nicht traute.

»Otto, weißt du, wie es unseren Eltern geht?«, fragte Tim, und Bob ergänzte: »Ist alles in Ordnung mit ihnen?«

Die ganze Zeit hatten die Jungs nicht ein einziges Mal an ihre Familien gedacht. Erst jetzt, als die Spannung nachließ, machten sie sich Gedanken, ob ihre Eltern die Zombie-Invasion unversehrt überstanden hatten.

»Keine Sorge, Bob! Deine Eltern haben sich mit den anderen Bewohnern in ihrem Hochhaus verschanzt und bisher alle Zombie-Angriffe zurückschlagen können.«

»Und meine?«, fragte Tim.

»Denen geht es auch gut. Die haben einen Flieger nach Island genommen. Dem einzigen Ort, wo es noch keine Zombies gibt. Ist denen wohl zu kalt dort. Aber jetzt muss ich dringend noch ein paar Schokotransporte organisieren. Ende und raus«, beendete Otto das Gespräch.

»Hätte ich ihm gar nicht zugetraut«, bemerkte Angela Steel und zog eine Tafel Schokolade aus ihrer Tasche hervor. »Bloß gut, dass ich immer eine zauberhafte Notration dabeihabe – für den Fall, dass ich unterwegs mal Hunger kriege.«

Die Chefin des S.W.A.P. brach zwei Riegel ab und warf sie den beiden Zombies hin.

Die zwei Untoten verschlangen die Schokolade mit einem Happs. Die Wirkung trat sofort ein. Ihr Fauchen erstarb und ging in das gleiche sanfte Schnurren über, das die Jungs schon von Wilfried gehört hatten. Tim und Bob stiegen vorsichtig von dem Untoten herunter, auf dem sie immer noch gekniet hatten, damit er ihnen nicht gefährlich werden konnte. Aber genau wie Otto gesagt hatte, startete er keinerlei Versuche mehr, sie anzufallen, sondern lag einfach nur da und grinste zufrieden wie ein sattes Baby.

»Ich hoffe, die Schokolade reicht auch für die Kollegen, die oben auf uns warten«, brummte Snyder. »Ich würde nämlich langsam gern wieder nach Hause und mein Bein hochlegen.«

»Müssen wir wieder mit der Lore fahren?«, fragte Bob besorgt.

»Oder an dem Seil da hochklettern?«, fragte Tim und deutete auf das dünne Tau, an dem sich Mau Ze Tot durch einen Spalt in der Decke der unterirdischen Halle abgeseilt hatte.

»Nein, wir nehmen einfach den Seitenausgang«, erklärte Mau Ze Tot. »Da gibt es auch einen Aufzug.«

»Warum haben Sie denn dann vorhin nicht den genommen?«, wollte Tim wissen.

»Ich dachte, das Abseilen würde spektakulärer wirken«, erwiderte die Ninja-Kriegerin. »Aufzug kann jeder.«

»Absolut jeder, außer Angela«, sagte Snyder und lachte. »Die kriegt da drinnen Platzangst.«

»Sind Ihre Windpocken eigentlich noch ansteckend?«, fragte Tim, als sie in dem schmalen Treppenschacht nach oben stiegen. Er und Bob liefen vorne, Hoka und Mau Ze Tot hinter ihnen, dann kamen Angela Steel und Snyder, der bei jeder Stufe »★⁂✻☠⚡#†!« fluchte, weil ihm sein Bein wieder wehtat. Der Zwergdackel, den die Kopfgeldjäger zurückgelassen hatten, hielt sich ganz dicht bei den Jungs, so als wollte er ihnen nie wieder von der Seite weichen, nachdem er sie so lange verfolgt hatte. Ganz am Ende gingen die beiden Finnen, die Snyder mit zwei Ohrfeigen wieder zur Besinnung gebracht hatte. Sie trotteten deprimiert und mit gesenktem Kopf hinterher, weil sie nun doch wieder beim S.W.A.P. gelandet waren und sich die großen Versprechungen des Barons nicht erfüllt hatten.

»Gut möglich«, erwiderte die Chefin des S.W.A.P. »Das werdet ihr dann alle in einer Woche wissen, wenn ihr auch so zauberhafte Punkte im Gesicht habt wie ich.«

»Die stehen dir übrigens ganz ausgezeichnet, meine Liebe«, sagte Mau Ze Tot, ohne sich umzudrehen. »Die solltest du behalten.«

»Danke für dein zauberhaftes Kompliment. Ich gebe dir gern welche ab, meine Teuerste«, flötete Angela Steel.

Snyder, die Jungs und auch Hoka stöhnten nur, weil ihnen der Zickenkrieg der beiden Agentinnen gehörig auf die Nerven ging.

Oben angekommen öffneten Bob und Tim eine Tür, hinter der der Saloon der verlassenen Westernstadt lag. Der Spiegel über dem langen Tresen war fleckig und stumpf, Stühle und Tische lagen umgestürzt auf dem Boden, und in einer Ecke stand ein kaputtes Klavier. Überall bedeckte zentimeterdicker Staub die Möbel, aber immerhin waren nirgendwo Zombies zu sehen.

»Die Luft ist rein«, rief Hoka nach hinten.

Die kleine Gruppe lief quer durch den Saloon auf die Schwingtür zu, die ins Freie führte. Draußen auf der staubigen Straße drängten sich Hunderte von Untoten wohlig schnurrend um eine Holzkiste, an deren Seite ein rot-weißer Fallschirm hing. Einige der Untoten hatten faustgroße Löcher im Bauch. Für Tim der Beweis, dass die Kopfgeldjäger dieselbe Route wie sie genommen und sich den Weg freigeschossen hatten. Die Holzkiste war beim Aufprall auseinandergebrochen und hatte ihren Inhalt über die ganze Straße verstreut. Von den meisten der Schoko-Nikoläuse war nur noch die rote Verpackung übrig, die der Wind jetzt durch die Geisterstadt wehte.

Weil sich die Untoten nur um die Schoko-Nikoläuse kümmerten, erreichte die Gruppe den Bahnhof ohne irgendeinen Zombie-Zwischenfall. Die Chefin des S.W.A.P. hatte beschlossen, den Zug zu nehmen, mit dem sie auch gekommen war. Snyders Motorrad war sowieso zu klein für alle, der Learjet, der die Jungs hergebracht hatte, ein Wrack, und Mau Ze Tot mit dem Fallschirm abgesprungen, weil es weit und breit keine vernünftige Landebahn für ihren Flieger gab.

Angela Steel kümmerte sich persönlich um die Lokomotive, während alle anderen in einem Abteil mit roten Polstern Platz nahmen. Hoka saß zwischen ihrer Mutter und ihrem Vater. Die drei sahen fast aus wie eine kleine Familie, die einen Sonntagsausflug macht, dachte Tim. Er saß mit Bob auf der Bank gegenüber. Der Zwergdackel war ihm auf den Schoß gesprungen und hatte sich so ausgestreckt, dass sein Kopf auf Tims Knien und sein Hintern auf Bobs Knien lag. Der Hund schlief, und den Jungs war klar, dass sie ihn behalten würden. Die zwei Finnen hielten sich etwas abseits. Doch weil sie kein Deutsch sprachen, hätten sie sich an dem Gespräch sowieso nicht beteiligen können.

»Und jetzt gebt mir bitte den Stadtplan wieder.« Snyder streckte die Hand aus.

»Was?«, fragte Bob.

»Wie bitte?«, fragte Tim.

»Der Stadtplan von Port-au-Prince. Der aus der Bücherei, den ich euch gegeben habe«, erklärte der Top-Agent. »Den habt ihr doch noch, oder?«

»Ist das jetzt wirklich Ihre einzige Sorge?« Bob war fassungslos.

»Also habt ihr ihn verloren«, stöhnte Snyder. »Das ist ja mal wieder absolut typisch. Und wer bezahlt jetzt die Mahngebühren bei der Bücherei?«

»Geben Sie das doch bei Ihrer Zombie-Versicherung als Schadensfall an«, schlug Bob vor.

»Die Versicherung ist pleite«, brummte Snyder. »Absolut kein Wunder, bei den ganzen Zombies überall.«

»Man könnte sie für Jobs einsetzen, die Menschen nicht gerne machen«, schlug Tim vor.

»Zum Beispiel Hausaufgaben«, sagte Bob.

»Oder Zimmer aufräumen«, sagte Hoka.

»Sie könnten den Müll rausbringen«, sagte Mau Ze Tot.

»Und den Baron jagen«, sagte Snyder. »Wir haben absolut keine Ahnung, wo er sich hingeschossen hat und wie viele seiner Klone da draußen noch rumlaufen.«

»Glauben Sie wirklich, dass der irgendwann wieder auftaucht?«, fragte Bob, während er den Zwergdackel auf Tims Schoß hinter den Ohren kraulte.

»Absolut«, antwortete Snyder.

»Und was machen wir bis dahin?«, erkundigte sich Tim.

»Ich weiß ja nicht, was ihr macht.« Hoka schaute erst ihren Vater, dann ihre Mutter an. »Aber ich werde mit meinen Eltern erst mal Urlaub machen.«

»Wenn sich die beiden jetzt auch noch küssen, steige ich sofort aus.« Mit dem Kinn deutete Bob auf Snyder und auf Mau Ze Tot.

»Ich auch«, ergänzte Tim.

»Ihr zwei seid wirklich süß.« Hoka grinste und beugte sich vor, um erst Tim und dann Bob einen Kuss auf die Wange zu geben.

Die Jungs, die gerade bereits das vierte Mal die Welt gerettet hatten, wurden röter als das Abendrot, in das Angela Steel ihren ratternden Zug hineinsteuerte.

RUM

# PEL PUMPEL

RUMPEL

RUMPEL
ARG!

MAMPF!